W9-AZB-542

Celtina

Les Treize Trésors de Celtie

Dans la même série

Celtina, La Terre des Promesses, roman, 2006.

Celtina, L'Épée de Nuada, roman, 2006.

Jeunesse

Le sourire de la Joconde, série Phoenix, détective du temps, Montréal, Trécarré, 2006.

Le concours Top-Model, Montréal, Trécarré, coll. Intime, 2005.

L'amour à mort, Montréal, SMBi, coll. SOS, 1997.

La falaise aux trésors, Montréal, SMBi, coll. Aventures & Cie, 1997.

Une étrange disparition, Montréal, SMBi, coll. Aventures & Cie, 1997.

Miss Catastrophe, Montréal, Le Raton Laveur, 1993.

Adultes

Verglas (avec Normand Lester), Montréal, Libre Expression, 2006.

Quand je serai grand, je serai guéri ! (avec Pierre Bruneau), Montréal, Publistar, 2005.

Chimères (avec Normand Lester), Montréal, Libre Expression, 2002.

Corinne De Vailly

CELTINA
Les Treize Trésors de Celtie

LES INTOUCHABLES

Les Éditions des Intouchables bénéficient du soutien financier de la SODEC, du Programme de crédits d'impôt du gouvernement du Québec et sont inscrites au Programme de subvention globale du Conseil des Arts du Canada.

Nous reconnaissons l'aide financière du gouvernement du Canada par l'entremise du Programme d'aide au développement de l'industrie de l'édition (PADIÉ) pour nos activités d'édition.

LES ÉDITIONS DES INTOUCHABLES
816, rue Rachel Est
Montréal, Québec
H2H 1K8
Téléphone : (514) 526-0770
Télécopieur : (514) 529-7780
info@lesintouchables.com
www.lesintouchables.com

DISTRIBUTION : PROLOGUE
1650, boulevard Lionel-Bertrand
Boisbriand, Québec
J7H 1N7
Téléphone : (450) 434-0306
Télécopieur : (450) 434-2627

Impression : Transcontinental
Conception de la couverture et logo : Benoît Desroches
Infographie : Benoît Desroches et Geneviève Nadeau
Illustration de la couverture : Boris Stoilov

Dépôt légal : 2006

Bibliothèque et Archives nationales du Québec
Bibliothèque nationale du Canada

ISBN-10 : 2-89549-230-1
ISBN-13 : 978-2-89549-230-6

L'auteure a bénéficié d'une bourse en recherche et création du Conseil des arts et des lettres du Québec.

Conseil des arts
et des lettres
Québec

Chapitre 1

Celtina se retourna sur sa couche. Une chaude odeur de paille lui monta aux narines. Elle sourit dans son sommeil ; des souvenirs d'enfance à Barlen surgissaient de sa mémoire.

Tout à coup, une petite langue humide lui nettoya le bout du nez ; la jeune prêtresse ouvrit lentement un œil. Un chaton gris et blanc, perché au-dessus de sa tête, la dévisageait. Elle se réveilla complètement, s'étira et regarda tout autour d'elle. Elle était dans une étable. Une vache et son veau, trois cochons, un âne, quelques poules, et ce petit chat tout mignon lui avaient tenu compagnie toute la nuit. Celtina se demanda ce qu'elle faisait là. Puis, se levant, elle découvrit des armes près d'elle : un arc, des flèches, une épée, un bouclier et surtout, en s'examinant, elle remarqua qu'elle portait un équipement de guerrière. Elle ne se souvenait pas d'avoir possédé un jour un tel armement. Comment était-ce possible ?

Mais soudain, avisant un seau abandonné dans un coin de l'étable, l'adolescente chassa ces interrogations de ses pensées, car son estomac parlait plus fort que son esprit. Elle devait traire la vache, car elle avait soif et faim. Elle se mit aussitôt à l'ouvrage et le seau se remplit rapidement. Elle dégusta le breuvage tiède et doux. Ensuite, elle caressa délicatement la tête du veau, avant de risquer un œil à l'extérieur. Le temps était clair, quoique frisquet. Elle frotta ses paupières encore lourdes, ne croyant pas ce que ses yeux lui montraient. Elle était au cœur d'un village, ou plutôt d'une ville, lui sembla-t-il. Elle distingua quelques maisons de pierre, une rue pavée à la mode romaine. Tout dans ce lieu lui était étranger. Elle ne se rappelait pas être arrivée dans cet oppidum.

En examinant mieux les alentours, Celtina remarqua que plusieurs personnes lourdement chargées de fruits, de légumes, d'animaux vivants et morts marchaient toutes dans la même direction. Elle décida de les suivre. Personne ne s'intéressait à elle. Les gens se croisaient en se saluant, mais ils semblaient préoccupés par leurs affaires.

La prêtresse arriva sur une place où se dressaient des tréteaux*, des bottes de foin. C'était un marché, grouillant de monde, d'où montaient des cris de volailles et de porcs, et les appels des commères* qui vendaient leurs poissons ou diverses marchandises. Celtina jeta un coup d'œil à la petite bourse de cuir qui pendait à son flanc, et y trouva de la monnaie d'étain et d'argent. *Suffisamment* *pour m'acheter de la nourriture pour plusieurs jours*, songea-t-elle en s'approchant d'un étal* où un homme débitait d'épaisses tranches de fromage et de charcuterie.

– Marchand, vends-moi deux pains et du fromage. Et… peux-tu me dire le nom de cette ville que je visite pour la première fois? lança-t-elle en jetant un coup d'œil autour d'elle dans l'espoir d'y voir un visage qui stimulerait sa mémoire.

– Tu es à Gwened. Où crois-tu donc te trouver? répliqua le marchand sur un ton bourru.

Néanmoins, il lui remit deux miches fraîches et une galette de fromage de brebis et empocha prestement les pièces qu'elle lui tendit.

– Gwened! répéta Celtina.

Le nom lui était familier, mais elle se demandait pourquoi. Elle s'éloigna pour grignoter son pain en toute tranquillité.

Elle s'approchait du port lorsqu'une odeur de bois brûlé la fit renifler. Deux navires calcinés étaient amarrés et des hommes s'affairaient à les empêcher de sombrer.

– Que s'est-il donc passé? s'interrogea Celtina à haute voix.

– Satanés Romains, lui répondit une voix qui la fit sursauter.

Elle se retourna vivement.

– Celtina! Celtina du Clan du Héron! l'apostropha l'inconnu en se précipitant vers elle et en essayant de la serrer entre ses bras.

Elle se dégagea vivement et le regarda avec méfiance. Le visage du vieil homme à la longue barbe lui rappelait quelqu'un. Mais qui? Il ne portait ni braies ni tunique comme tous les autres Gaulois, mais plutôt une longue robe blanche… comme… comme… *un druide!* se dit-elle enfin.

— Que t'arrive-t-il, petite aigrette? s'inquiéta le druide. Ai-je tellement changé que tu ne reconnaisses pas le druide de ton village? Je suis Verromensis, l'ami de ton père Gwenfallon et d'Argantius, le chef de Barlen…

— Je… je…, bredouilla Celtina.

Tout se mélangeait dans sa tête. Des images effrayantes s'emparaient de son esprit. Elle vit un immense feu de joie, puis presque aussitôt un marais gluant qui la fit suffoquer, un squelette hideux qui lui fit froid dans le dos, une femme aveugle qui l'aimait, deux cygnes reliés par une chaîne d'or, un château constitué d'eau, un monstre puant aux écailles vertes, une épée qui combattait toute seule, un pont de cordes qui se dérobait sous ses pas, un ours et un chien qui s'affrontaient…

Prise de vertige, Celtina sentit ses jambes devenir de coton; elle chancela. Le druide la recueillit dans ses bras pour l'empêcher de s'écrouler sur le sol boueux du port.

Verromensis tira une petite fiole* de terre de la manche de son aube et la passa sous le nez de l'adolescente. Elle retrouva rapidement ses sens, mais l'effroi marquait encore le fond de ses yeux.

– Quelqu'un t'a fait respirer un mélange de branches de houx, de noisetier et de gui, une façon de contrôler ton esprit et de te maintenir aux portes du monde réel, s'alarma le druide. Je vais contrer cette magie et te ramener à la lumière. Bois cette décoction de bricumus. L'armoise* fera fuir le mauvais esprit et le poison qui coule dans ton sang.

Il lui fit avaler le contenu de la petite fiole de terre. Celtina grimaça : la potion était infecte.

– Viens, allons nous asseoir au bord de l'eau, le temps que tes souvenirs te reviennent.

Verromensis l'entraîna vers des rochers à fleur d'eau.

– Druide… Verromensis ? l'interrogea soudain Celtina, qui reprenait lentement ses esprits. Où étais-tu ? Pourquoi n'étais-tu pas à Barlen quand les Romains ont attaqué le village ? Ta magie aurait sans doute pu nous aider.

– Par Hafgan, malheur sur moi ! se lamenta le druide. J'étais parti rejoindre des confrères pour un conseil de guerre chez les Carnutes. Plusieurs tribus cherchent à se regrouper pour se défendre contre les Romains.

Le mot « Romain » fit son effet sur Celtina ; elle recouvra complètement la mémoire. Elle se souvint que son père était prisonnier de ces barbares venus du sud, et, à l'heure actuelle, probablement mort dans les arènes d'Aquae

Sextiae. Que sa mère Banshee et son petit frère Caradoc étaient devenus des esclaves. Elle plongea la main dans son sac de jute et ses doigts rencontrèrent le flocon de cristal de neige qu'elle espérait y trouver. Cette présence réconfortante lui ramena l'image de sa mère à l'esprit. Elle tenta de se concentrer pour arriver à la joindre en pensée, mais elle était encore trop affaiblie par le poison que lui avait fait boire Koad, le mage de la forêt, pour y parvenir.

– Je dois aller vers le sud pour tenter de retrouver ma famille. Banshee et Caradoc ont été réduits en esclavage, Gwenfallon est sans doute mort en tant que gladiateur, mais peut-être est-il sauf et retenu à Aquae Sextiae ? Veux-tu m'accompagner, Verromensis ? Barlen a été détruit et il ne te sert plus à rien de rentrer dans notre pays.

– C'est un long voyage, petite aigrette. Un voyage dangereux. Je reviens de chez les Carnutes et je peux te dire que deux de leurs chefs, Conconnetodumnos et Cotuatos, ont décidé de se soulever contre les Romains. Il ne faut surtout pas aller vers le sud. Les Romains vont être déchaînés et ne respecteront rien ni personne. Tu ne dois pas te retrouver sur leur route.

– Mais… ma famille ! prostesta Celtina, dont le regard dériva en direction de ce qu'elle pensait être le sud.

– Tu dis que ta mère et ton frère sont esclaves… Ils doivent avoir franchi les hautes montagnes des Allobroges maintenant, et être loin au cœur de l'Empire romain. Ils sont plus en sécurité là-bas qu'ici.

L'adolescente adressa au vieil homme un pâle sourire.

– Banshee peut se débrouiller, elle dispose de ressources que tu ne peux pas soupçonner, murmura Verromensis, si bas que Celtina ne l'entendit pas.

Puis il continua plus haut :

– Quant à ton père, s'il est mort, alors il est auprès de Dagda dans le Síd. Il n'y a pas de meilleur endroit qui existe. S'il est vivant et prisonnier, lui aussi sera plus en sécurité dans les cages romaines que dans un oppidum en feu.

Celtina baissa la tête. Verromensis avait sans doute raison. Mais comment pouvait-elle se résoudre à abandonner ses parents à leur triste sort ?

– Et si je me joignais aux Carnutes ? lança-t-elle brusquement, sous le coup de l'émotion. Je pourrais appeler mon ami Fierdad et les Fianna et aussi les maîtres des comtés de Dyfed et de Powys, ils m'ont promis leur aide. Leurs soldats sont nombreux et bien entraînés. En se joignant aux armées carnutes, ils pourront sûrement chasser les Romains de nos terres.

– Dyfed et Powys sont loin, Celtina. Tes amis n'arriveront certainement pas ici avant plusieurs lunes. Les Romains auront remporté la victoire bien avant leur arrivée. Non ! Ce qu'il faut, c'est convaincre d'autres nations celtes de se soulever aussi et de former une seule et grande armée. Et c'est la tâche que m'ont confiée Conconnetodumnos et Cotuatos. C'est d'ailleurs la raison pour laquelle je me trouve à Gwened. Mais, comme tu le vois, je suis arrivé trop tard, ajouta le druide en désignant les deux bateaux brûlés qui tanguaient lamentablement au bout de leur ancre. Érec, le chef des Vénètes, a tenté de se battre contre les navires romains et vois ce qui est arrivé à sa flotte. Complètement ravagée ! Il est revenu avec une dizaine de marins sur ces deux vaisseaux endommagés. J'étais venu pour lui demander de coordonner son attaque avec celle des Carnutes, mais il a été trop pressé.

– Tu sais comme moi qu'il est très difficile de réunir tous les Celtes sous le commandement d'un seul roi. Nous sommes une nation formée de peuples plutôt égoïstes. C'est chacun pour soi, soupira Celtina.

– Je sais ! Mais c'est mon devoir de druide d'essayer de les convaincre. Et toi, jeune prêtresse de Mona, tu as aussi une mission à accomplir ! insista Verromensis.

– Co… comment le sais-tu ?

– Éliaz, l'un des apprentis de Mona, est Carnute. Il est revenu chez lui et nous a raconté comment vous avez dû fuir l'Île sacrée. Il a aussi mentionné le fait que l'un de vous est l'Élu, chargé de porter les vers d'or à Avalon. Je ne pense pas que ce jeune Éliaz soit l'Élu ; par contre, Arzhel du Clan de l'Ours me semble bien placé pour porter ce titre.

Celtina hocha la tête et retint son souffle, sans rien dire. Elle ne voulait pas parler des mises en garde de Katell contre son ami Arzhel, de peur que Verromensis ne l'accuse de jalousie.

– Toutefois, continua Verromensis sans remarquer le trouble de Celtina, Arzhel est dans une fâcheuse position.

– Quoi ? s'exclama l'adolescente. Que lui est-il arrivé ? Nous devions nous rejoindre ici, à Gwened.

Le druide raconta ce qui était arrivé à Arzhel à Caldun. La nouvelle s'était propagée dans tout le pays. Tous savaient maintenant que Dérulla était un traître qui avait rangé son peuple aux côtés des Romains et qu'Arzhel avait été chassé de son clan.

– Tu dois éviter Caldun et tous les membres du Clan de l'Ours, précisa Verromensis.

– Et Arzhel ? l'interrogea Celtina, très inquiète.

– Il s'est enfui et a disparu. Peut-être est-il à ta recherche ! Je te conseille de l'attendre ici.

Ensuite, essayez de vous rendre à Avalon. Le plus vite possible. C'est votre seul refuge.

– Mais je n'ai que trois vers d'or! s'écria Celtina. Nous devons ramener les douze vers pour que s'ouvrent les portes de l'île aux Pommes, sinon nous ne serons pas admis à Avalon.

– Trois vers d'or! s'étonna Verromensis en scrutant les yeux de Celtina pour s'assurer qu'elle ne mentait pas. Comment est-ce possible? Serais-tu?... Serait-ce toi? L'Élue!

– Certainement pas! répliqua l'adolescente en brossant quelques miettes de pain qui étaient tombées sur sa tunique. Arzhel doit sûrement en détenir plus que moi. Et quand je le retrouverai, je lui confierai les miens.

Mais les yeux perçants de Verromensis ne la quittaient plus. Le druide brisa la barrière de son esprit et se glissa en elle. Celtina chancela, son corps devint mou, incapable de répondre à ses ordres. Elle était entièrement sous la coupe* du druide. En sondant son cerveau, celui-ci y découvrit le récit des nombreuses aventures qu'elle avait déjà vécues depuis sa fuite de Mona. Il y décela aussi les traces du passage de Koad, le mage de la forêt, et de la mission qu'il lui avait confiée. En pénétrant plus profondément l'esprit de la jeune fille, il comprit que Koad n'était autre qu'Arzhel. Cette découverte laissa Verromensis tellement stupéfait qu'il abandonna l'esprit de Celtina malgré lui.

La jeune prêtresse était épuisée par cette intrusion; elle semblait être sur le point de perdre connaissance. Le druide humecta d'eau de mer une des manches de son aube, et la ramena à elle en lui tapotant le visage avec ce linge mouillé et en la secouant doucement. Il décida de ne pas lui faire part de ce qu'il avait vu à propos d'Arzhel. Elle était suffisamment ébranlée par l'enlèvement de sa famille; il ne voulait pas ajouter à son accablement en lui révélant que son ami était probablement un être malfaisant, envieux et prêt à tout pour obtenir le pouvoir.

Verromensis décida de se servir de ce qu'il avait appris pour envoyer Celtina loin de la Gaule, de l'autre côté des mers. Selon lui, pour sauver Arzhel et chasser Koad le mage, elle devait réussir à retrouver les treize trésors de Celtie. Toutefois, ces trésors allaient aussi servir la cause du peuple celte.

– Écoute-moi bien, Celtina! Je vais te confier une mission de la plus extrême importance. De sa réussite dépend la survie de tout le peuple celte. Tu veux nous aider à combattre les Romains, eh bien, voici l'occasion de le faire!

– Comment? Que dois-je faire? Dis-moi vite! Dois-je aller chercher du secours dans les autres tribus? J'irai… Même chez nos pires ennemis, j'irai sans peur! s'emballa-t-elle.

– Calme-toi, jeune prêtresse! Voilà ta mission: tu dois délivrer le Sanglier royal, notre maître à tous. Il est retenu prisonnier par Yspaddaden, le géant, là-bas, tout au nord, au-delà du pays des Calédoniens.

– Le Sanglier royal ! Mais…

C'est alors que l'importance de ce que lui demandait Verromensis frappa Celtina. Le Sanglier royal n'était autre que le surnom de l'archidruide Maponos, le druide le plus puissant de Celtie. Tout Celte, druide ou roi, qui était guidé par Maponos détenait le pouvoir sur tous les autres.

Maponos était le plus ancien des hommes. Malheureusement, il avait été capturé voilà des lunes et des lunes, bien avant la naissance de Celtina, par Yspaddaden le géant, et personne n'avait encore réussi à le sortir des griffes de ce monstre. Depuis sa capture, tout allait de mal en pis en Celtie. D'abord, les tribus avaient combattu les unes contre les autres, puis les Romains avaient surgi, en premier lieu au sud et à l'est de la Gaule, mais ils remontaient de plus en plus vers le nord au fur et à mesure des saisons qui passaient.

– Yspaddaden retient Maponos depuis fort longtemps. Nous avons envoyé les guerriers les plus aguerris pour le combattre, il les a défaits. Nous avons envoyé les druides les plus expérimentés, il a réussi à les envoûter. Maponos est notre seule chance de vaincre les Romains, il doit revenir parmi nous. Je sais que cette mission est périlleuse et que tu n'es qu'une apprentie, mais si tu es l'Élue comme je le pense, alors tu sauras comment t'y prendre !

– L'Élue ! Verromensis, suis-je réellement l'Élue ? Fierdad des Fianna aussi le croit, tout comme Élouan… le jeune barde qui a promis de chanter mes prouesses ! Et si je ne l'étais pas ? Si…

– En sondant ton esprit, j'ai pu suivre une partie de tes aventures. Tu as vu Dagda, tu as visité le Keugant, le lieu où rien n'est encore créé ; le Gwenwed, le cercle de la Béatitude et de la Connaissance, et finalement l'Abred, le cercle où naît la Vie. Aucun élève de Mona n'a jamais pu approcher de si près la connaissance des trois cercles. Tu es l'Élue, Celtina du Clan du Héron. Tu es l'Élue et toi seule peux délivrer Maponos…

– Bien, Verromensis ! laissa tomber Celtina, accablée par le poids d'une telle responsabilité. Alors, j'irai dans ces îles inconnues !

Le druide la serra dans ses bras et ils restèrent longtemps, en silence, à regarder la mer.

Chapitre 2

Celtina resta quelques jours à Gwened, le temps de refaire ses forces et de réunir des provisions. Verromensis lui offrit un baudet* pour porter ses bagages.

Ayant retrouvé ses esprits, la jeune fille songea que la responsabilité pesait lourd sur ses épaules. Si elle était vraiment l'Élue, elle devait s'assurer de ramener à Avalon les vers d'or que Maève avait confiés aux élèves peu avant leur fuite de Mona. Koad l'obligeait à trouver les treize trésors de Celtie, et voilà que Verromensis comptait sur elle pour délivrer Maponos. C'était beaucoup pour une jeune prêtresse. Mais, elle le sentait bien, toutes ces obligations étaient liées entre elles et ne constituaient, en réalité, qu'une seule et même quête. Alors, n'écoutant que son courage, et faisant taire sa tristesse de devoir renoncer à retrouver sa famille, Celtina prit la route du nord.

Le chemin fut long et parfois dangereux. Son voyage dura de nombreuses lunes. Celtina en avait perdu le compte. Néanmoins, elle avait pu s'assurer de la protection de quelques druides, amis de Verromensis, qui l'aidèrent à franchir les collines et les monts, les vallons et les rivières, les plaines et les forêts denses en toute sécurité, loin des regards romains. Et ils l'aidèrent surtout à affronter les flots tumultueux du nord du monde.

Là-bas, à la limite des territoires connus, dans les eaux glaciales, se trouvait le royaume d'Yspaddaden le géant. Constitué de multiples îles balayées par le vent, où pas un arbre ne pouvait résister à la fureur de la nature, où les rochers étaient découpés par la violence de la mer, l'énigmatique archipel* était presque inhabité.

En échange de son baudet, un pêcheur calédonien avait accepté de déposer Celtina sur une minuscule plage, à l'ombre d'une falaise noire et menaçante. La journée était peu venteuse et permettait une longue sortie en mer.

– Te voilà à destination! s'exclama le pêcheur. Es-tu vraiment sûre de vouloir rester seule ici? Moi, cet endroit me fait une peur bleue. Je ne viens jamais pêcher dans les eaux d'Acmoda, le géant est trop dangereux.

– Si c'est ici le début du royaume d'Yspaddaden, alors oui, c'est bien ma destination, répliqua Celtina. Je te remercie. Je te confie mon baudet, pêcheur. Prends soin de lui jusqu'à mon retour!

À peine avait-elle débarqué que le pêcheur repoussa sa barque à l'eau, puis, hissant sa voile, il s'éloigna rapidement, sans même jeter un regard derrière lui. La crainte le poussait à quitter cet endroit au plus vite. Il était sûr de ne jamais revoir la jeune fille. Tous les imprudents qu'il avait déposés sur ces îles n'étaient jamais revenus en Calédonie. Il se frotta les mains, convaincu d'avoir fait une bonne affaire, car il disposait dorénavant d'un solide âne que personne ne viendrait lui réclamer.

Celtina leva les yeux vers le sommet de la haute falaise. Un mouvement avait attiré son attention. Alors qu'elle se demandait comment grimper là-haut, une pluie de pierres s'abattit tout autour d'elle. Quelqu'un lui jetait de gros cailloux. Se protégeant de son bouclier, elle se précipita tout contre la paroi pour s'abriter. Elle tenta de voir qui l'attaquait ainsi, mais impossible. Ses armes étaient inutiles contre cette pluie de galets. Elle resta cachée pendant plusieurs minutes. Puis, profitant d'une pause dans l'attaque de son adversaire, elle longea la falaise, à la recherche d'un chemin ou d'une faille pour l'escalader.

La jeune prêtresse tomba par hasard sur un sentier pierreux et sinueux qui semblait conduire tout en haut de l'escarpement.

Elle s'avança prudemment, redoutant que son attaquant la surprenne à découvert et l'atteigne de ses projectiles. Mais ce dernier avait disparu.

Ses pieds glissaient sur les pierres, et la poussière que soulevaient ses pas la faisait éternuer. Mais elle n'avait guère le choix, il fallait absolument qu'elle parvienne au sommet.

Après une ascension qui lui sembla interminable, elle arriva enfin sur une lande* balayée par le vent. Même l'herbe rase semblait s'accrocher à la terre pour ne pas être emportée au loin. Celtina pivota sur elle-même, faisant un tour complet pour bien examiner les environs. Dans le lointain, elle aperçut un château de pierre presque en équilibre sur le bord d'une falaise; pas un arbre aux alentours, que des rochers nus, mouillés par la mer qui jaillissait en écume entre les failles. Elle se dirigea vers la citadelle noire. Un frisson lui parcourait le dos d'une épaule à l'autre.

Arrivée devant les hauts murs, la prêtresse chercha une porte pour pénétrer à l'intérieur, mais elle ne trouva aucune ouverture. Elle allait faire un second tour lorsqu'un garde, tout de noir vêtu, apparut au sommet de la forteresse.

– Portier, laisse-moi entrer, lança Celtina d'un ton ferme.

– Il est trop tard, jeune fille. Mon maître et sa fille sont déjà à table ; les mets sont servis et la boisson est versée. Reviens demain.

– Et où veux-tu que j'aille? Tout est désert par ici. Est-ce ainsi qu'on reçoit les étrangers dans ton pays? Les lois de l'hospitalité ne sont pas généreuses chez toi!

– Je ne laisserai pas insulter mon maître, menaça le portier en bandant son arc dans sa direction.

– Alors, ne m'insulte pas non plus! répliqua Celtina d'un ton ferme.

– C'est bon! soupira le garde. Je vais voir si mon maître peut te recevoir. Reste ici!

– Où veux-tu que j'aille? répéta la jeune fille en s'esclaffant. Il n'y a rien à des lunes à la ronde.

L'archer revint après de longues minutes qui avaient semblé durer une éternité à l'adolescente.

– Mon maître ne reçoit que les personnes dotées d'un don particulier ou qui peuvent exercer un art. Que sais-tu faire?

Celtina réfléchit. À Mona, Maève lui avait appris à distinguer les plantes qui avaient des propriétés curatives de celles qui étaient dangereuses; elle avait appris à chanter les louanges des guerriers; elle connaissait les incantations magiques aux quatre directions, mais elle ne voulait pas dire qu'elle avait été formée pour devenir prêtresse. Alors, elle s'écria:

– Je peux faire tout ce que ton maître jugera bon de me faire faire. Je sais tisser le lin pour faire des vêtements, soigner les animaux, réparer des javelines…

– Nous avons déjà des serviteurs qui peuvent faire tout cela, se vanta l'archer. Que peux-tu faire en plus?

– Je sais chasser, me battre à l'épée, tirer à l'arc, lutter à mains nues…

– Nous avons des hommes qui savent faire tout cela, se moqua l'archer. Que peux-tu faire de plus?

– Ah oui! Et y a-t-il beaucoup de gens sur les terres de ton maître qui soient capables de filer la laine et de chasser le cerf, d'aider une vache à mettre bas et de se battre à l'épée, de tirer à l'arc et de laver le linge…

L'archer réfléchit un moment, puis reprit:

– Non, je ne crois pas que les gens d'ici soient capables de faire tout cela à la fois. Je vais consulter mon maître.

L'archer revint plus rapidement que la fois précédente. Puis plusieurs pierres s'écartèrent de la muraille pour créer une ouverture par laquelle Celtina put entrer dans l'enceinte circulaire de la forteresse. Elle se retrouva cernée par une demi-douzaine de gardes complètement vêtus de noir, et portant un heaume* de cuir de la même couleur.

L'archer qui l'avait accueillie vint la rejoindre.

– Nous allons t'escorter auprès des maîtres…

– Peux-tu me dire à qui je serai présentée? demanda Celtina.

– Le grand, l'unique, le magnifique Yspaddaden le géant, et sa fille Olwen sont les seigneurs de ces îles. Tu devras leur obéir en toute circonstance, sinon ta vie ne vaudra pas cher.

Celtina inclina la tête. Elle allait enfin rencontrer le terrible géant d'Acmoda, celui qui, depuis tellement d'années, retenait en otage l'archidruide Maponos. L'archer la fit entrer dans une vaste pièce où était dressée une immense table. À une extrémité était assise la belle et blonde Olwen, une jeune femme fragile qui semblait bien triste. À l'autre extrémité se trouvait Yspaddaden. Celtina songea que le géant devait bien faire trois fois la taille de son père Gwenfallon, qui n'était pas pourtant un petit homme.

– Qui es-tu pour oser déranger mon repas? gronda Yspaddaden, tout en attrapant un poulet rôti dont il s'empiffra.

– Celtina du Clan du Héron, annonça fièrement l'adolescente en s'assurant que ses armes étaient bien visibles et à portée de main.

– N'as-tu aucune crainte de finir dans mes geôles*?

– Je ne viens pas te menacer. Je viens simplement te demander de rendre sa liberté à Maponos. Les peuples de Celtie ont besoin d'être conseillés par leur archidruide pour combattre les Romains. Personne ne cherche à s'en prendre à toi.

— Les Romains! Qu'ai-je à faire des Romains?
continua le géant en attrapant un second poulet
qu'il dévora en quelques secondes.

Celtina jeta un regard vers Olwen. La jeune
fille picorait un pigeonneau, sans faire preuve
de beaucoup d'appétit. Elle semblait pétrifiée
devant son père.

— Pourquoi vous aiderais-je à les combattre?
Ils ne m'ont rien fait. Mes terres ne les
intéressent pas, continua Yspaddaden. Rien
n'y pousse!

— Et Maponos? À quoi te sert-il? l'interrogea encore Celtina. La Celtie n'a que faire de
tes terres non plus...

— Maponos! Maponos est l'archidruide,
tonna Yspaddaden. Il est le Sanglier royal. Celui
qu'il conseille devient le Roi du monde...

Celtina ricana et continua avec impertinence:

— Tu retiens Maponos depuis des lunes et
des lunes... et je n'ai pas entendu dire qu'il
t'ait beaucoup conseillé. Tu n'es pas le Roi
du monde!

L'ironie de Celtina suscita une grande
fureur chez le géant. D'un geste de la main, il
balaya tout ce qui se trouvait sur la table,
hanaps et écuelles, amphores et cruches.
Poulets, dindonneaux, pigeons et moutons se
retrouvèrent pêle-mêle sur le sol. La jolie
Olwen sembla rapetisser sur son siège,
tellement la peur pesait sur ses épaules.

— Hors de ma vue!

Yspaddaden s'empara d'une broche et en menaça Celtina.

La jeune prêtresse recula, mais sans tourner le dos au géant. Elle le défiait de ses yeux verts comme la mer. Arrivée près d'Olwen, elle entendit celle-ci lui murmurer :

– Recule et sors d'ici. La première porte que tu verras sur ta droite est celle de ma chambre. Tu peux t'y réfugier. Fais vite, mon père est furieux. Il peut t'arriver n'importe quoi !

Celtina s'empressa de suivre les conseils d'Olwen. À peine sortie de la salle à manger, elle se précipita vers la chambre indiquée. Elle s'assit sur la couche recouverte de peaux d'ours de la princesse d'Acmoda. Cette dernière ne tarda pas à se montrer. Elle lui amenait même sa propre écuelle contenant le pigeonneau qu'elle n'avait presque pas touché.

– Tu es folle de défier Yspaddaden, la gronda Olwen en lui tendant son plat. Il peut te précipiter du haut des rochers ou, pire, t'enfermer à jamais dans ses prisons dont personne n'a jamais pu sortir. Tu dois quitter son royaume sur-le-champ !

– Écoute, je n'ai pas de temps à perdre ! Je dois absolument ramener Maponos avec moi, sinon les tribus de Celtie ne se regrouperont jamais derrière aucun roi et nous serons battus par les Romains.

– Mon père ne laissera jamais partir le Sanglier royal sans compensation. Plusieurs guerriers celtes et de nombreux druides sont déjà venus ici pour obtenir cette libération et aucun n'a jamais réussi les épreuves que Yspaddaden leur a imposées.

– Je dois essayer! Je ne peux pas repartir les mains vides. Notre sort repose sur celui de l'archidruide, s'entêta Celtina tout en déchiquetant la viande de pigeon à belles dents.

– Bon, d'accord, mais je t'aurai prévenue. Pour obtenir la libération de Maponos, mon père exige qu'on lui donne les treize trésors de Celtie.

– Encore! Pourquoi tout le monde tient tant à ces trésors? l'interrogea Celtina, intriguée.

– Sans doute parce que seule la personne qui dispose des treize trésors peut accéder aux Îles du Nord du Monde pour rencontrer les trois druides mythiques: la Connaissance, le Savoir et la Recherche.

– Tu as raison. Celui qui sera formé par ces trois druides sera sans aucun doute l'être le plus puissant du monde, régnant à la fois sur la terre et sous la terre! répondit Celtina. Personne n'a jamais pu régner sur les deux mondes à la fois. Pas même les Thuatha Dé Danann qui ont été forcés de trouver refuge dans le monde souterrain quand les Fils de Milé ont envahi leurs terres.

– Tu es peut-être celle qui y parviendra! fit Olwen en souriant. Je l'espère de tout mon cœur, car je ne peux plus supporter la tyrannie* d'Yspaddaden.

— Je comprends maintenant pourquoi Koad, le mage de la forêt, veut posséder les trésors.

— Mon père est celui qui s'en est approché le plus, car les treize trésors se trouvent ici, sur ses terres, mais il ne parvient pas à s'en emparer. Voilà pourquoi il ne veut voir aucun étranger dans les îles d'Acmoda et que ses hommes leur lancent des pierres quand l'un d'eux pose le pied sur ses plages.

— Oui, j'ai trouvé l'accueil assez particulier ! souffla Celtina. Et en quoi consistent ces trésors exactement ?

— Il y a la nasse de Gwyddno Longues-Jambes. Chaque fois qu'elle est mise à l'eau, elle ramène du poisson pour cent personnes.

— Je vois. De quoi nourrir toute une population en peu de temps ! s'exclama Celtina. C'est fort utile lorsqu'on mène une campagne contre ses ennemis.

— En deuxième, il faut les tuniques de Padarn que seuls des êtres de noble naissance peuvent enfiler, continua Olwen.

— Évidemment. Les chefs sont toujours vêtus différemment pour qu'on les reconnaisse sur les champs de bataille…

— En troisième vient la coupe de cristal de Bran Galed qui se brise lorsqu'on ment et se reconstitue quand on dit la vérité.

— Voilà une coupe à utiliser quand on doit interroger un espion ou un ennemi prisonnier, songea Celtina à haute voix.

– En quatrième, c'est le glaive de Rhydderch Haël. S'il est manié par un vaillant combattant, il émet une flamme invisible.

– Parfait pour combattre sans trop se rapprocher de l'ennemi au risque d'être blessé soi-même.

– Le cinquième trésor, le poignard de Llawfrodded qui vaut dix épées, peut servir quatre fois et transpercer vingt ennemis en une seule fois.

– Avec une telle arme, un combattant en vaut cent…

– Puis vient la pierre à aiguiser de Tudwal Tudelud qui n'affûte que les épées des héros. Si un peureux s'en sert, il ne peut lui arriver que des malheurs.

– Redoutable instrument, interpréta Celtina. Une telle pierre force à se surpasser face à l'ennemi.

– Le septième trésor est le char de Morcant qui se rend là où le conducteur souhaite aller.

– Plus aucune raison de se perdre avec un tel véhicule…

– En huitième, il faut trouver le licol* d'Eiddyn qui fait accourir le meilleur cheval.

Celtina hocha la tête. Avec un cheval rapide et qui ne se fatigue jamais, on peut échapper à ses ennemis et se déplacer d'un bout à l'autre du pays sans effort.

– Le neuvième trésor est le manteau de Myrddhin qui rend invisible.

Voilà qui est indispensable pour espionner le camp adverse sans se faire voir, songea Celtina.

– Le dixième est le chaudron de Diwrnach. Si la nourriture qu'elle contient est mise à cuire par un peureux, elle ne cuit pas. Si c'est un valeureux qui s'en sert, elle peut nourrir tout le clan. Les onzième et douzième trésors appartiennent à Ysgolhaig qui fournit mets et boisson à volonté. Et finalement, le treizième trésor est l'échiquier d'or de Gwenddolau dont les pièces jouent toutes seules.

– Hum! pour ce dernier trésor, il faut être fin stratège et avoir plus d'un tour dans son sac. Mais comment trouver tous ces trésors et s'en emparer? demanda Celtina.

– Je n'en sais pas plus, soupira Olwen. Cependant, tu dois savoir que tu n'es pas obligée de trouver les trésors dans l'ordre dans lequel je viens de te les énumérer. Mais tu ne dois en oublier aucun. Pour commencer, je peux t'indiquer où trouver Gwyddno Longues-Jambes, car nous nous voyons en secret. Il m'a déjà demandée en mariage, mais mon père exige sa nasse en échange.

– Et ton fiancé ne tient pas assez à toi pour s'en séparer? s'étonna Celtina.

– Il ne peut pas s'en séparer à son propre bénéfice, selon les lois des Thuatha Dé Danann. Il en mourrait.

Celtina se leva de la couche et fit les cent pas dans la pièce; cela l'aidait à réfléchir.

– Il n'y a pas des milliers de solutions. Je dois m'emparer des treize trésors de Celtie. Crois-tu que ton père les acceptera en échange de la liberté de Maponos?

– Yspaddaden cherche à s'emparer des trésors depuis des lunes et des lunes. C'est sûr qu'il acceptera. Mais il serait imprudent de les lui donner, car une fois qu'il les possédera, plus rien ne pourra l'empêcher d'accéder aux Îles du Nord du Monde et de rencontrer les trois druides mythiques. Plus rien ni personne ne pourra s'opposer à lui. Il sera le Roi du monde et Maponos sera obligé de rester à ses côtés pour le conseiller.

– Pas si l'archidruide est libre. Maponos s'interposera avant qu'Yspaddaden prenne le pouvoir. Je n'ai pas d'autres options, il faut essayer. Se tourmenter avec des «si» ne sert à rien, sinon à nous faire perdre notre temps.

Olwen ouvrit alors un coffre au pied de son lit et en sortit un coutelas aiguisé. Celtina fronça les sourcils et recula. La princesse lui avait-elle tendu un piège?

– N'aie pas peur! Tu es ma sœur désormais, déclara Olwen avec un grand sourire. Pour te le prouver, je vais te couper les cheveux et les garder dans mon coffre, comme mon plus précieux trésor.

Celtina s'agenouilla et la princesse d'Acmoda lui coupa les cheveux assez courts. La jeune prêtresse était émue de l'honneur que lui faisait Olwen.

En effet, la coutume celtique voulait que celui qui coupait les cheveux d'un ami l'accueille, par ce geste, au sein de sa famille. Ainsi, Olwen étendait sa protection sur Celtina.

Bien entendu, de voir tomber sa belle chevelure rousse sous la lame effilée d'Olwen lui fit un pincement au cœur, mais Celtina était consciente de devoir en passer par là un jour ou l'autre. Toutes les guerrières devaient accepter de sacrifier leur chevelure afin d'être plus à l'aise pour se battre ou tirer à l'arc.

Chapitre 3

Très tôt le lendemain, avant même le lever du soleil, Olwen et Celtina se glissèrent hors du château d'Yspaddaden. La princesse d'Acmoda avait un rendez-vous secret avec son amoureux. Courant de rocher en rocher, les deux jeunes filles réussirent à atteindre, sans se faire voir, une plage où Gwyddno avait l'habitude de lancer son filet.

Gwyddno était un solide gaillard à la longue chevelure d'or. Son métier de pêcheur lui avait donné une musculature très développée. Ses grands yeux bleus semblaient avoir été délavés par les embruns* de la mer.

Lorsqu'il découvrit que son amie était accompagnée, Gwyddno laissa éclater sa contrariété.

– Pourquoi as-tu amené cette fille ici? Les étrangers de son espèce ne veulent qu'une seule chose: s'emparer des treize trésors de Celtie. Nous en avons déjà assez de nous opposer sans cesse à ton père et de nous défendre contre ces voleurs d'au-delà des mers. Si, toi, tu nous les amènes en plus, nous sommes fichus!

– Calme-toi, Gwyddno! fit Olwen en tentant de le raisonner. Si tu veux m'épouser, dis-toi que Celtina peut nous aider. Elle a un plan pour déjouer mon père.

Elle se tourna vers sa compagne :

– Raconte-lui!

– Voilà, c'est vrai que j'ai besoin des trésors de Celtie pour acheter la liberté du Sanglier royal Maponos…

De la gorge de Gwyddno monta un grognement rauque.

– Toutefois…, insista Celtina sans se laisser impressionner, dès que je serai en possession des treize trésors et que Maponos sera libre, l'archidruide utilisera sa magie pour s'opposer à Yspaddaden et l'empêcher de devenir le Roi du monde.

– Ça ne fonctionnera pas! protesta Gwyddno. Yspaddaden est plus rusé que toi. Il en a vu d'autres. Tous ces guerriers et tous ces druides envoyés par ton peuple ont échoué. Pourquoi, toi, réussirais-tu? Tu n'es qu'une adolescente présomptueuse…

Gwyddno se détourna et entreprit de ramasser son long filet qui gisait sur la plage.

Celtina baissa la tête. Elle ne voulait pas révéler qu'elle était une prêtresse de Mona et surtout qu'en alliant sa magie à celle de l'archidruide, ils deviendraient invulnérables. Elle jeta un regard à sa compagne, quémandant son aide.

– Gwyddno, as-tu confiance en moi? demanda Olwen tout en aidant le pêcheur à jeter son filet à l'eau.

– En toi... oui! En elle, ajouta-t-il en désignant Celtina du doigt, ça reste à voir! Tenez, au lieu de discuter, aidez-moi à remonter mon filet, quand il est rempli de poissons, il est très lourd.

Les deux filles tirèrent sur la corde de la nasse. Le filet remonta sans peine... Il était vide!

– Non... pas encore! se lamenta Gwyddno en examinant les mailles de son filet.

Il découvrit de larges trous par lesquels assurément les poissons s'étaient échappés. Fâché, il lança la nasse sur le sol. Les bras croisés sur la poitrine, il affichait maintenant un visage buté.

– Comment, pas encore? le questionna Celtina. Je croyais que chaque fois que tu mettais ton filet à l'eau, tu remontais du poisson pour nourrir cent personnes...

En lui tournant le dos, Gwyddno lâcha:

– Eh bien... c'est que... Je ne sais pas ce qui se passe. Depuis quelques jours, je n'arrive plus à attraper quoi que ce fût, et ma nasse est toujours endommagée. Je passe mon temps à la réparer et je ne capture plus aucun poisson.

– C'est ma faute, c'est ma faute! éclata Olwen en se précipitant dans les bras de son ami. Je savais que nous allions offenser les dieux en tombant amoureux. Les Thuatha Dé Danann ont décidé de te punir…

– Non, ce n'est pas possible! intervint aussitôt Celtina. Les treize trésors de Celtie sont indispensables à la bonne marche du monde et leurs pouvoirs ne peuvent jamais être remis en cause. Gwyddno n'a pas donné sa nasse à qui que ce soit pour en tirer profit, donc il n'y a aucune raison de le punir. Il y a forcément une autre explication à la disparition du poisson.

Elle regarda tout autour d'elle, mais ils étaient seuls et rien ne lui semblait menaçant, ni dans le ciel, ni sur les rochers, ni dans la mer.

– Depuis combien de temps ne remontes-tu plus rien? demanda-t-elle.

– Cinq nuits! répondit Gwyddno en la regardant enfin. Je n'avais jamais manqué de poisson depuis que je mets mon filet à l'eau… depuis que j'habite ces îles.

– As-tu confié ta nasse à un autre pêcheur?

Gwyddno hésita. Il n'avait pas le droit de donner son filet à qui que ce soit et, pourtant, il l'avait fait. Un mensonge montait déjà à ses lèvres, mais le regard céladon de l'étrangère était si perçant qu'il avait l'impression qu'elle pouvait lire en lui. Était-elle une envoyée des Thuatha Dé Danann venue éprouver son attachement et sa loyauté envers les dieux? Si c'était le cas, il risquait sa vie en lui mentant; alors, il décida de ne courir aucun risque.

– Eh bien… voilà, j'ai prêté mon filet à mon frère Elfin. Tu le connais, fit-il à l'intention d'Olwen, c'est probablement le pêcheur le plus malchanceux d'Acmoda. Ses filets sont toujours vides. Elfin en est très malheureux, alors je voulais lui permettre de faire une bonne prise au moins une fois dans sa vie !

Celtina fit une grimace. La malchance d'Elfin aurait-elle porté malheur à son frère ? C'était une possibilité, mais la jeune prêtresse songea qu'il y avait sûrement une autre explication.

– Elfin a-t-il remonté du poisson ? demanda-t-elle.

– Eh bien… pas vraiment du poisson, murmura Gwyddno. En fait, dans la nasse, il y avait une selkie !

– Une selkie ! s'exclamèrent en chœur Olwen et Celtina.

– L'a-t-il remise à l'eau ? poursuivit la jeune prêtresse, catastrophée par cette nouvelle.

– Non. Quand Elfin a délivré la selkie des mailles du filet et qu'il l'a ramenée sur les rochers pour qu'elle reprenne son souffle, elle s'est métamorphosée au contact de la terre. Elle a perdu sa peau de phoque et elle est devenue une très belle femme. Elfin, qui était très malheureux de ne pas avoir de fiancée, a décidé de la garder avec lui.

– Elfin est un inconscient, protesta Celtina. Les femmes-phoques sont d'adorables créatures, mais elles ne sont pas faites pour vivre sur la terre ferme. Allons chez ton frère. Il faut le convaincre de permettre à la selkie de retourner dans le monde aquatique.

À mon avis, la capture de la selkie est en relation avec la perte du poisson, pensa Celtina. *Mais je dois d'abord m'en assurer avant d'agir pour rétablir les choses.*

Gwyddno ramassa son filet, et tous trois se dirigèrent vers les cabanes des pêcheurs, dans une anse* protégée par de gros rochers.

Les selkies étaient des êtres aquatiques ressemblant à des phoques. Parfois, il leur arrivait de se dévêtir de leur peau gris argenté et lustrée pour prendre l'apparence de femmes magnifiques et pour s'aventurer sur la terre ferme, afin de côtoyer les humains. Ces êtres très curieux et joueurs aimaient venir se mêler aux activités humaines pour en apprendre plus sur le mode de vie terrestre. Si un homme trouvait la peau d'une selkie, il pouvait l'épouser. Toutefois, si celle-ci la revêtait de nouveau, elle retournait invariablement à la mer en abandonnant son mari et ses enfants terrestres derrière elle. Les selkies étaient des êtres très pacifiques avec de grands yeux dorés qui leur donnaient un air malicieux et joyeux.

Lorsque le trio arriva à sa cabane, Elfin était en train de préparer son repas, en compagnie de sa femme selkie. C'était une fort belle dame, à la longue chevelure noire et brillante. Elfin découpait du poisson, tandis que la selkie lavait des algues.

– Mon frère, bienvenue à toi et à tes invitées. Vous arrivez juste à temps pour partager notre repas du matin! lança Elfin en voyant arriver Gwyddno.

Le jeune pêcheur avait un visage réjoui et des yeux rieurs. Visiblement, il était le plus heureux des hommes.

– Princesse Olwen, salua Elfin. Je te présente ma femme, Roann.

La fille d'Yspaddaden fit un signe de tête et, à son tour, présenta Celtina.

– Elfin…, commença Gwyddno, légèrement embêté, voilà, j'ai un grave problème depuis que je t'ai prêté mon filet. Je ne ramène plus aucun poisson. Et le pire est que ma nasse est toujours déchirée, comme si le poisson parvenait à défaire les mailles pour passer au travers.

Pendant que Gwyddno expliquait son problème à son frère, Celtina gardait les yeux fixés sur Roann. La selkie baissait ses grands cils noirs sur ses doux iris dorés, mais la jeune prêtresse y voyait briller des larmes retenues. Il se passait quelque chose; la selkie n'avait aucun entrain et ne semblait pas heureuse. Celtina comprit que la femme-phoque était en train de s'affaiblir et que si Elfin ne lui permettait pas rapidement de retourner à la mer, elle en mourrait.

— Roann, l'interrogea l'adolescente, vivais-tu avec une bande de selkies dans les eaux de l'archipel ou étais-tu solitaire?

La femme-phoque leva doucement ses paupières et répondit tout bas:

— Je vivais avec mon mari et mes deux enfants, mais aussi des amis et des parents…

— Tu as été prise dans le filet parce que tu t'es montrée trop curieuse?

— Non, pour protéger ma petite fille. Elle s'était approchée du filet et j'ai voulu l'en écarter, mais c'est à ce moment-là que la nasse d'Elfin s'est déplacée. Je n'ai pas vu que je nageais au-dessus et, lorsqu'il l'a relevée, j'ai été prise au piège…

— Voudrais-tu retourner dans la mer pour retrouver les tiens? demanda à son tour Olwen.

— Oh! oui! s'écria Roann en battant des mains.

En entendant ce cri du cœur, le visage d'Elfin s'assombrit. Il ne voulait pas perdre la femme qu'il aimait. Il avait attendu tellement longtemps pour connaître enfin le bonheur qu'il n'était pas question qu'il le laisse filer entre ses doigts.

— Mais non! Je peux te rendre très heureuse ici! protesta le pêcheur. Tu auras tout le poisson que je pêcherai et je te donnerai d'autres beaux enfants…

Le petit nez de Roann se plissa… et prit l'apparence de naseaux de phoque pendant une fraction de seconde.

– Je veux retrouver ma famille! bêla-t-elle désespérément. Je le sens, mes enfants et mon mari ne sont pas loin. Ils me cherchent.

La femme-phoque frappa ses mains palmées l'une contre l'autre, dans un appel affligé. Ses prunelles dorées fouillaient la surface de l'océan, à deux pas de la maison d'Elfin.

– Roann est malheureuse! trancha Celtina. Si elle ne retourne pas auprès des siens, elle va se laisser mourir de désespoir. Et puis, il y a trop longtemps qu'elle est hors de l'eau. L'élément liquide est nécessaire pour hydrater sa peau et pour régénérer son énergie.

– Mais…

– Non, Elfin, tu n'y peux rien. Elle doit partir! Et puis, il en va aussi de la survie des pêcheurs…

– Comment de notre survie? s'étonna Gwyddno.

– Je suis sûre que ce sont les enfants de Roann et son mari qui déchirent ta nasse et mangent le poisson qu'elle contient.

– Mais pourquoi attaquer mon filet en particulier, alors que nous sommes des dizaines de pêcheurs dans la baie? demanda encore Gwyddno, peu convaincu par l'argument de Celtina. Les autres remontent peu de poissons, mais ils en pêchent. Alors que, moi, je n'ai plus rien, malgré ma nasse magique.

– Ils ont décidé de te punir, car c'est ce filet qui a remonté la selkie. Il faut la rendre à son monde marin.

Elfin était triste, mais il comprit qu'il n'avait guère le choix. Si Gwyddno ne pouvait plus pêcher en abondance, tous les pêcheurs de l'archipel allaient mourir de faim, car chacune de ses prises pouvait nourrir cent personnes.

– Si tu me remets à l'eau, Elfin, intervint la selkie, je te promets que tu ne seras plus un pêcheur malchanceux. Toute ma famille se mettra à ton service et pêchera pour toi. Nous irons dans les profondeurs de l'océan pour trouver les plus beaux poissons que tu n'aies jamais vus.

– Oui, mais je serai encore seul au monde! soupira le pêcheur.

– Si tu me promets de me remettre à l'eau à ma demande, alors je reviendrai te voir toutes les deux lunes. Je reprendrai la forme d'une femme et je serai ta compagne pendant plusieurs nuits. Ainsi, tu ne seras plus seul.

Elfin réfléchit à la proposition durant quelques secondes, puis l'accepta enfin. Il ouvrit le coffre où il avait dissimulé la peau de phoque gris argenté tachetée de noir de Roann et la lui tendit. La femme-phoque l'enfila et retrouva aussitôt les caractéristiques de son espèce. Elle clopina sur la grève de galets et se jeta à l'eau. Aussitôt, toute une bande de selkies apparut; c'étaient la famille et les amis de Roann venus l'accueillir.

– Puisque Roann a promis que sa famille allait pêcher pour vous, je crois que tu n'as plus besoin de ta nasse, Gwyddno. Les selkies ramèneront du poisson pour nourrir au moins cinq cents personnes en une seule fois. Tu peux me la donner.

– Mais… si je te donne la nasse des Thuatha Dé Danann pour en tirer profit, il peut m'arriver malheur ! s'indigna Gwyddno en tenant son filet bien serré contre sa poitrine.

– Ce n'est pas à ton propre profit que tu me la donnes, mais pour me remercier d'avoir écarté la famine de toi et de tout ton village ! Tu ne perdras pas au change !

C'est avec un peu de réticence que Gwyddno Longues-Jambes déposa le filet entre les mains de Celtina.

– Gwyddno, intervint Olwen, aussitôt que Celtina aura racheté la liberté de Maponos en livrant les trésors de Celtie à mon père, il ne pourra plus t'empêcher de m'épouser. Tu as donné ta nasse comme il l'exigeait !

Les deux amoureux se serrèrent très fort l'un contre l'autre. Elfin, pour sa part, s'était avancé sur la plage et gardait les yeux fixés sur la bande de selkies qui s'ébattait au loin. Il était triste, mais conscient que Roann était plus heureuse avec sa famille de phoques.

Quant à Celtina, elle songea que sa quête des treize trésors de Celtie commençait vraiment très bien. Il n'avait pas été trop difficile d'obtenir la nasse de Gwyddno Longues-Jambes. Il lui avait suffi de faire preuve d'intelligence et de compassion. Elle espérait qu'il en irait de même avec les autres trésors.

– Maintenant, je dois partir, déclara-t-elle à ses trois nouveaux amis. Le temps m'est compté. Je dois trouver rapidement les autres trésors. Nous nous reverrons bientôt, je l'espère.

Ils se donnèrent l'accolade et Celtina s'éloigna sur la plage.

Chapitre 4

Celtina avait laissé le soin à Olwen de ramener la nasse de Gwyddno dans sa chambre, au château, en lui recommandant de la garder hors de la vue d'Yspaddaden, puisque celui-ci voudrait sûrement s'en emparer. Pour sa part, la jeune prêtresse avait décidé d'explorer le vaste domaine du géant. La princesse lui avait affirmé que les trésors de Celtie se trouvaient sur ces terres, au nord de la Calédonie. Elle n'avait donc pas de temps à perdre; il fallait qu'elle les trouve au plus tôt. Le sort d'Arzhel et de la Celtie en dépendait.

Après avoir marché plusieurs heures au hasard dans la lande désolée, après avoir longé des lochs* aux eaux bleu glacé, Celtina aperçut un chemin qui menait vers une falaise à pic. Elle frissonna autant de froid que de solitude. Ici, pas un seul être humain en vue, uniquement le vent, la mer qui claquait sur les rochers et la lumière changeante à travers les nuages. Elle se sentait seule au monde.

Mais, brusquement, une série de cris stridents perça le bruit du ressac* de l'océan et attira son attention. L'adolescente découvrit un couple d'eiders* qui se baignaient tranquillement, insouciants, dans une mare que la mer avait creusée dans les rochers. Puis des macareux* et des guillemots*, des cormorans* et des pétrels* qui se disputaient des anfractuosités* de la falaise pour nicher à l'abri.

Celtina allait poursuivre sa route lorsqu'un éclat de lumière attira son regard. Il apparaissait et disparaissait selon l'angle où elle se plaçait. Étaient-ce des signaux destinés à capter son attention? Elle s'accroupit et se concentra sur l'endroit où il lui avait semblé voir l'éclat. Ralentissant sa respiration, sa pensée dirigée au-dessus du fjord*, elle se projeta mentalement au loin, vers les eaux cristallines. Ce qu'elle découvrit la surprit tellement qu'elle en tomba sur les fesses et sortit brutalement de sa transe.

La prêtresse se demanda si elle n'avait pas rêvé. Au milieu de l'eau, elle avait aperçu furtivement une île supportée par un piédestal.

Revenue de sa surprise, elle se concentra de nouveau et, cette fois, un îlot tout rond, fermement maintenu en l'air par un pilier de roche et de terre, lui apparut clairement. Étaient-ce les vagues de la mer qui avaient ainsi créé ce phénomène étonnant, ou était-ce l'œuvre d'un quelconque dieu? L'île semblait inaccessible. Même si l'on disposait d'un bateau, le pied qui la soutenait était tellement abrupt et lisse qu'il ne pouvait être escaladé.

Le seul moyen d'y aborder était par le haut, en venant du ciel. Il fallait absolument être un oiseau. D'ailleurs, la jeune fille remarqua les têtes noires de nombreuses sternes* et celles jaune safran des fous de Bassan. Ces volatiles avec leur bec acéré étaient les redoutables défenseurs des lieux; ils ne la laisseraient sûrement pas s'approcher de leur zone de nidification sans l'attaquer. Sa seule chance était de se mêler à leur bande.

Alors, Celtina plongea rapidement au plus profond de sa conscience, puis, fixant l'image d'un fou de Bassan* au fond de son esprit, elle se métamorphosa en oiseau blanc, aux ailes bordées de noir. Son torque d'or devint un collier de plumes jaune safran. S'avançant au bord de la falaise, elle se jeta dans le vide et prit son envol. À grands battements d'ailes, elle rejoignit l'île qui lui apparaissait maintenant plus clairement. Le caquetage des milliers d'oiseaux était strident. Elle comprenait leur langage. Ils la prévenaient de ne pas s'approcher de leurs nids, sous peine de finir déchiquetée par leur bec puissant. Prenant l'avertissement au sérieux, Celtina survola l'île à la recherche d'un endroit plus silencieux et surtout plus propice pour un atterrissage sécuritaire.

Un autre phénomène étrange faillit la faire tomber d'ahurissement: elle survolait mainte-nant une rivière tumultueuse suspendue dans les airs. Elle se demanda dans quel monde étrange elle se trouvait. À Mona, les élèves n'avaient pas encore abordé ces mondes mystérieux du nord du monde; ils avaient dû fuir avant d'en entendre parler. Celtina le regretta un court instant, puis elle songea que les regrets étaient inutiles; elle devait agir maintenant.

Ayant découvert un regroupement de cabanes de pierre et de terre séchée, la prêtresse se laissa glisser vers le sol afin de reprendre son apparence. Elle était heureuse de voir que la vie humaine n'avait pas déserté l'îlot. *Je pourrais sûrement demander quelques informations sur les trésors de Celtie aux gens qui vivent ici. Ils doivent en avoir entendu parler. Je ne serais pas étonnée que cette île en abrite un ou plusieurs, car je suis à coup sûr sur une terre magique!*

Celtina se posa sur le sol et retrouva son apparence… enfin presque! Elle remarqua que sa tunique n'était plus blanche mais noire, que ses braies, de noires étaient devenues blanches; bref, les couleurs de ses vêtements s'étaient inversées.

Elle sortit de derrière la cabane qui avait abrité son atterrissage et se glissa dans le hameau. Elle remarqua que tout ce qui aurait dû être blanc, comme les plumes des oiseaux de mer, était devenu noir. Des éclats de voix la firent se retourner. Des hommes et des femmes en pleurs se lamentaient tristement, tandis que d'autres riaient à gorge déployée, sans raison apparente.

La jeune fille s'approcha du groupe des rieurs et les salua d'un bref signe de tête. Les rires redoublèrent. Certains d'entre eux hoquetaient, incapables de prononcer un mot sans s'étrangler. Elle décida alors de se tourner vers les pleureurs qui lui semblaient moins hystériques. Mais quand elle leur lança un bonjour retentissant, les pleurs et les sanglots devinrent si sonores qu'elle ne put espérer leur dire un mot dans toute cette cacophonie. Et comme si ce n'était pas assez, les oiseaux vinrent ajouter leurs cris au vacarme. Celtina mit ses mains sur ses oreilles pour protéger ses tympans.

Voyant qu'il n'y avait rien à faire avec les habitants de cet endroit, elle s'éloigna du village, espérant trouver un interlocuteur plus coopératif. Et ce fut le cas. Tout juste en dehors du hameau, elle remarqua une cabane isolée. Devant se tenaient un couple et un enfant. Ils ne pleuraient pas; ils ne riaient pas. *Enfin, quelqu'un de normal sur cette terre!* songea-t-elle en leur faisant des grands signes de la main. Ils lui répondirent de la même façon. Voilà qui était de bon augure, selon elle.

— Bonjour! leur dit-elle en arrivant devant leur hutte. Quel est cet endroit étrange?

— Malheur! s'exclama le père de famille. Tu nous déranges!

— Pardonnez-moi! s'excusa Celtina en rougissant. Je suis simplement à la recherche des treize trésors!

– Malheur! intervint la mère de famille. Tu as perdu les trésors!

– Non… non, répondit l'adolescente. Je ne les ai pas perdus, je les cherche au contraire!

– Malheur! reprit le petit garçon. Tu les as cachés, tu es une mauvaise fille!

– Mais vous ne comprenez pas, s'obstina Celtina, je cherche les trésors…

– Malheur! crièrent en chœur les membres de la famille. Rends-nous les trésors…

Celtina avait beau faire non de la tête et tenter de s'expliquer, ses trois interlocuteurs comprenaient exactement l'inverse de ce qu'elle disait.

– Par quel mauvais esprit avez-vous été envoûtés? s'exclama-t-elle.

– Et en plus, tu nous insultes, gronda le père, en nous traitant de faibles d'esprit…

La jeune fille soupira de dépit. Elle renonçait à s'expliquer avec ces gens qui ne comprenaient rien à rien. Elle leur tourna le dos et s'en alla, tandis que la famille lui lançait des insultes. *Je n'ai vraiment pas de chance. Mes propos sont déformés sur cette île. Ici, tout se déroule au contraire de ce qui devrait être normal. Je m'en rends compte maintenant. Où vais-je bien pouvoir trouver de l'aide?*

– Pourquoi as-tu besoin d'aide? intervint alors une voix en provenance d'une pierre dressée qu'elle s'apprêtait à contourner.

Celtina sursauta. Elle avait oublié de fermer son esprit, et une entité inconnue avait réussi à percer ses pensées.

– N'aie pas peur, jeune fille, continua la voix, tandis qu'un garçon d'une vingtaine d'années bondissait devant elle. Je m'appelle Morann; je suis juge et poète sur cette île. Si tu as besoin de quelque chose, c'est à moi que tu dois le demander et à personne d'autre.

Morann était un garçon grand et élancé. Il avait un visage rieur, avec des taches de rousseur. Ses cheveux rouges étaient encore plus éclatants que ceux de Celtina. Il portait une longue robe et une cape de couleur verte, symbole de son statut de poète. La prêtresse prit quelques secondes pour l'observer et se faire une idée du caractère de ce personnage. Ami ou ennemi? Voilà ce qu'elle devait rapidement déterminer.

– Je peux t'aider à trouver ce qui te manque, jeune prêtresse de Mona, lança Morann. Tu vois, je sais tout de toi! Tu ne peux rien me cacher, même si tu fermes ton esprit.

Et le joyeux jeune homme éclata de rire.

– D'accord! s'exclama Celtina. Alors, puisque tu sembles le savoir mieux que moi, dis-moi donc ce que je suis venue chercher dans cet extravagant îlot.

– Tu cherches la coupe de cristal de Bran Galed, celle qui se brise lorsqu'on ment et qui se reconstitue quand on dit la vérité.

– Possèdes-tu cette coupe, Morann? Vas-tu me la donner?

– Cette coupe appartiendra à celui qui saura la retirer du feu, jeune prêtresse. Nous verrons bien si tu mérites de la posséder.

Morann leva les yeux; aussitôt, les nuages devinrent noirs et un orage se forma. Des éclairs terribles zébraient le ciel qui était pourtant d'un bleu éclatant quelques secondes plus tôt. Puis il y eut un redoutable coup de tonnerre, et la foudre s'abattit sur un amas de bois sec que Celtina n'avait pas remarqué. Un énorme embrasement emporta les branchages qui se tordirent sous l'effet du feu du ciel. Elle eut juste le temps de faire un saut vers l'arrière, sinon ses pieds auraient été brûlés.

– Des oiseaux vont venir. Tu devras les observer et tenter de dérober l'objet qu'ils essaieront d'emporter, expliqua Morann. À toi de jouer!

Le jeune homme alla s'asseoir sur un rocher pour observer la scène. Il affichait toujours un air joyeux et ses yeux pétillaient de malice.

Celtina vit alors descendre un roitelet qui plongea dans les flammes. L'oiseau avait agi si vite que l'adolescente ne put l'empêcher de dérober un objet noirci. Puis le roitelet s'envola hors de sa portée. Elle était furieuse de sa lenteur. Mais, soudain, elle vit que le roitelet s'était brûlé le bout des ailes et devait se poser sur un rocher, car il ne pouvait plus voler. Elle tenta de déterminer où il allait atterrir et courut dans cette direction pour l'attraper. Mais le roitelet était malin ; il monta un peu plus haut, afin de se placer sur la route d'un autre petit oiseau qui arrivait à sa rescousse. Avant de tomber vers le sol, le roitelet eut le temps de confier son précieux fardeau à son ami ailé. Celtina tendit les mains, et le roitelet amortit sa chute dans ses paumes.

– Je ne t'en veux pas, roitelet, le rassura l'adolescente.

Elle tapota délicatement la huppe orangée du minuscule oiseau, puis le déposa sur le sol, à l'écart du feu.

– Tes ailes ont légèrement grillé, je te soignerai dans quelques minutes. Mais, avant, je dois essayer de retrouver ton ami et l'objet.

Celtina leva les yeux au ciel et vit que l'oiseau avait déposé l'objet contre sa poitrine et que celui-ci le brûlait. Sa gorge était rouge écarlate, en feu. Un troisième oiseau arriva alors, et le trésor changea de nouveau de pattes. L'oiseau à la gorge en feu tomba vers le sol, mais Celtina réussit à l'attraper avant qu'il ne heurte la terre.

– Eh bien, te voilà rouge-gorge !

Elle lissa les plumes de l'oiseau pour évaluer la brûlure ; heureusement, il n'y avait rien de grave, si ce n'était sa belle gorge blanche maintenant roussie. En regardant vers le ciel, Celtina constata que le nouveau propriétaire de l'objet était un oiseau deux fois plus gros que les précédents. L'oiseau avait un corps brun rayé de noir, un ventre blanc strié de roux et une queue assez longue aux bords blancs. Il s'agissait sûrement d'une alouette, l'oiseau fétiche des Gaulois.

– Alouette, gentille alouette! supplia Celtina. Donne-moi ton précieux trésor, tu ne saurais quoi en faire, alors que, moi, j'en ai besoin...

L'oiseau grisolla longuement, puis, en passant au-dessus de la tête de la jeune prêtresse, l'alouette laissa tomber l'objet directement à ses pieds. L'adolescente se pencha aussitôt, mais la déception l'envahit quand elle découvrit que l'objet n'était plus qu'un amas de sable en fusion.

Le rire joyeux de Morann vint ajouter à sa déconvenue. Il se moquait d'elle.

– Tu as raté cette épreuve, jeune fille. La coupe de cristal est détruite! hurla-t-il en se frappant le torse.

Mais, aussitôt, il porta ses mains à son cou. Le torque d'or qu'il portait s'était mis à rétrécir jusqu'à l'étouffer. Ses yeux se remplirent de larmes et son visage devint livide. Celtina se précipita pour lui venir en aide, mais Morann l'arrêta d'un geste.

– C'est nor... mal! bredouilla-t-il. Tu as réussi... tu as réussi! Je retire mes paroles.

Celtina, prêtresse de Mona, tu as réussi l'épreuve.

Aussitôt, son collier se desserra et Morann retrouva son souffle. Il était tout rouge, au bord de l'évanouissement.

– Que s'est-il passé? s'inquiéta Celtina en prenant un peu d'eau dans le creux d'un rocher pour en faire avaler quelques gouttes au poète.

– Lorsque je rends un jugement, si je me trompe, le collier que je porte se rétrécit jusqu'à m'étouffer. Si mon jugement est loyal, mon torque se desserre. Lorsque j'ai dit que tu avais raté ton épreuve, je me suis trompé et j'ai été puni pour cette erreur.

– Pourtant, tu n'as pas commis d'erreur. Je n'ai pas réussi à m'emparer de la coupe de cristal, puisque l'alouette n'a laissé tomber qu'un peu de sable incandescent, protesta Celtina.

– Au contraire, tu as réussi, l'encouragea Morann. C'est avec du sable en fusion qu'est fabriquée cette coupe de cristal. Pour la reconstituer, tu n'as qu'à dire la vérité et tu la verras se reformer sous tes yeux. Vas-y! Dis quelque chose de vrai!

Celtina réfléchit quelques secondes; elle ne voulait pas dire n'importe quoi et s'il y avait une chose qu'il lui importait de savoir plus que tout, c'était bien ce qui était arrivé à sa famille.

– Ma mère et mon petit frère sont vivants. Mon père est mort à Aquae Sextiae, lança-t-elle.

Les grains de sable s'amalgamèrent les uns aux autres, et la coupe se forma. Au moment où l'adolescente allait la prendre dans ses mains pourtant, l'objet se brisa en une dizaine de morceaux.

– C'est étrange, intervint Morann. Ta phrase semble vraie et fausse à la fois. Recommence.

– Ma mère et mon petit frère sont vivants ! lança Celtina, le cœur battant et la gorge sèche.

La coupe se reforma sur-le-champ, limpide et brillante. La jeune fille disait la vérité.

– Mon père n'est pas mort à Aquae Sextiae…, murmura-t-elle tout bas, craignant le verdict de la coupe.

L'objet de verre n'éclata pas comme elle s'y attendait. Son pouls s'emballa, des larmes glissèrent de ses yeux. Elle n'osait croire à ce que l'objet lui racontait.

– Ainsi, mon père est toujours de ce monde…

Le petit récipient éclata en paillettes.

– Mais… c'est impossible ! sanglota Celtina. Comment mon père peut-il être vivant et mort à la fois ?

Morann était aussi stupéfait qu'elle. Ses grands yeux écarquillés en témoignaient.

– Je t'avoue que la réaction de la coupe de cristal me laisse perplexe moi aussi, mais il y a sûrement une raison pour qu'elle rende un jugement aussi étrange. Tu en comprendras sûrement la raison un jour, la rassura-t-il.

– Je l'espère ! soupira Celtina.

– Maintenant, tu dois penser à mettre la coupe hors de portée d'Yspaddaden. Je vais la porter en ton nom à la princesse Olwen. Quant à toi, il te reste onze trésors à trouver et peu de temps pour le faire. Alors, remets-toi en route et bonne chance !

Morann disparut derrière le rocher d'où il avait surgi plus tôt. La prêtresse fit le tour du mégalithe, mais ne trouva aucune trace du poète à la joyeuse frimousse. Elle se pencha alors sur le roitelet et le rouge-gorge pour examiner leurs blessures, cueillit quelques plantes qu'elle écrasa et leur fit picorer cette mixture. Aussitôt, les deux oiseaux retrouvèrent leur beau plumage et toute leur faculté de voler. Il lui fallait quitter l'île au Piédestal pour poursuivre sa quête. Celtina se transforma en roitelet à son tour et tous les trois s'éloignèrent au-dessus de la mer.

Chapitre 5

Après avoir survolé l'île au Piédestal et être revenue à son point de départ, Celtina décida de conserver son apparence d'oiseau. Il lui serait plus facile d'avoir une vue d'ensemble du royaume d'Yspaddaden en le survolant. Ses amis roitelet et rouge-gorge la laissèrent donc filer seule, tandis qu'ils regagnaient la forêt pour retrouver des membres de leurs familles.

Celtina se laissa porter par le vent, rasant les rochers volcaniques, planant au-dessus des landes qui commençaient à se couvrir de givre. Le froid descendait lentement du nord et, déjà, la lumière se faisait de plus en plus rare dans les îles. La jeune fille frissonna, malgré son manteau de duvet et de plumes.

Après plusieurs heures d'exploration, elle se posa à l'entrée d'une grotte, pour reprendre des forces avant de continuer son chemin. Alors que ses fines pattes de roitelet touchaient le sol, elle crut percevoir un miaulement.

S'il y a un chat dans les parages, je ne donne pas cher de ma peau, songea-t-elle. *Vite que je reprenne mon apparence humaine.*

La prêtresse se transforma de nouveau; puis, l'oreille aux aguets, elle tenta de localiser le félin. Le miaulement semblait venir de l'intérieur de la grotte. Elle avança prudemment dans le noir, afin de donner le temps à ses yeux de s'habituer à l'obscurité de la caverne.

C'est alors qu'elle découvrit six gros chats noirs et six gros chats blancs qui miaulaient de détresse, assis sur un énorme tas de sable bicolore. Ils s'affairaient à trier les grains, un à un. Le mica* gris était poussé à droite par les chats noirs, et le jaune, à gauche, par leurs compagnons blancs. Celtina s'avança doucement, sans faire de bruit pour ne pas effrayer les matous.

Elle surprit des éclats de voix, les chats discutaient ou plutôt se disputaient.

– C'est ta faute, Cathal! Nous voilà condamnés à vie à travailler dans la Goule-aux-Fées parce que tu voulais voir ces ensorceleuses de près, miaula un chat noir.

– Ah oui! feula celui à qui étaient adressés les reproches. Je ne vous ai pas obligés à me suivre...

– Tu es de mauvaise foi, Chazh, intervint un troisième félin. Tu es venu nous trouver l'un après l'autre pour nous convaincre...

– Ça ne sert à rien de discuter éternel-lement. Nous ne retrouverons notre forme que lorsque nous serons parvenus à obtenir assez de poussière d'argent et d'or pour

66

fabriquer les tuniques que Cennchaitt nous oblige à tisser, précisa un chat blanc en continuant son travail.

– Je ne vois pas comment nous allons réussir ce prodige, se lamenta un tout petit minet. Chaque fois que nos deux tas sont bien séparés et que le tissage peut commencer, nous manquons de temps, les grains se mélangent de nouveau, et nous...

– Chut, Caitt! s'exclama brusquement celui que Celtina avait identifié comme étant Cathal.

Les douze paires d'oreilles se dressèrent, les chats étirèrent le cou et sortirent leurs griffes. Ils étaient sur la défensive et prêts à se jeter au visage de l'intrus.

– Il y a quelqu'un..., miaula Chazh en agitant ses moustaches. Je sens son odeur.

– Ce n'est pas Cennchaitt, ajouta Caitt en reniflant à son tour.

Les chats se placèrent côte à côte, le poil du dos hérissé, leurs yeux perçants scrutant l'obscurité de la caverne. Celtina se figea devant les vingt-quatre points lumineux qui la regardaient fixement.

– Doucement, mes amis. Je ne vous veux aucun mal..., commença-t-elle, tout en se rapprochant. J'ai entendu des bribes de votre conversation et je pense que je peux vous aider.

– Cheuuuu, feula Cathal. Qui nous dit que tu n'es pas envoyée par Cennchaitt pour nous empêcher de réussir notre épreuve?

– D'après ce que j'ai entendu, vous êtes les tisserands* qui doivent préparer les tuniques du dieu Padarn qui ne tomberont bien que sur les épaules de personnes de noble naissance. J'ai besoin de ces tuniques, je ne vais certainement pas vous empêcher de les faire…

– Cheuuuu, tu es venue nous voler ! cracha Caitt en griffant l'air devant lui, en direction de la jeune fille.

– Pas du tout ! Je suis venue vous aider. Si j'ai bien compris, dès que vous commencez le tissage, il se passe un événement qui vient tout détruire. Pouvez-vous m'expliquer ce mauvais sort ?

Celtina s'assit non loin des chats, sur une pierre plate, et demeura immobile pour ne pas leur donner à croire qu'elle les menaçait. Les félins échangèrent des regards, se demandant s'ils pouvaient se confier à cette adolescente.

L'un d'eux, moins méfiant, vint se coller contre elle en ronronnant. C'était un superbe chat blanc, sans queue, avec un pelage long et soyeux. Celtina lui caressa la tête et il ronfla de plaisir.

– Je suis Kat, dit-il. Je veux bien te raconter notre histoire. Cathal, Chazh, Caitt et tous les autres, moi compris, sommes des jeunes hommes de l'île de Yell, pas très loin d'ici. Un soir de pleine lune, Cathal est venu cogner à nos portes pour nous convaincre d'aller danser avec les fées qui, selon la légende, vivent ici, dans la Goule-aux-Fées, sur l'île d'Unst.

– Nous avons pris notre bateau et avons abordé sur une petite plage, en contrebas de la falaise, poursuivit Chazh. Nous avons été attirés par des chants en provenance de cette grotte. Alors, nous nous sommes empressés de venir jeter un coup d'œil, car...

– ...Cathal nous avait dit que les plus jolies fées vivaient ici, l'interrompit Caitt. Mais, malheur, nous sommes tombés sur Cennchaitt, le malfaisant, l'homme à tête de chat.

– Il jouait de la lyre* et c'est sa musique qui nous a attirés, reprit Kat. Nous avons commencé à danser, car il nous disait que les fées étaient timides, mais viendraient bientôt nous rejoindre si elles appréciaient nos danses. Nous avons gigoté pendant des heures, en vain.

– Puis, comme nous étions épuisés, nous avons voulu nous arrêter. Mais ce n'était plus possible, même si nous avions les jambes plus molles que du coton, expliqua Cathal. La musique se poursuivait et notre corps continuait de se trémousser malgré nous.

– Finalement, l'homme à tête de chat a déposé sa lyre, intervint Caitt. On se croyait bien tirés d'affaire. Mais non, il a dit que notre curiosité devait être punie.

– Depuis, il nous oblige à trier des grains de sable jaune et de sable noir toute la journée, enchaîna Kat. Puis, quand minuit arrive, nous devons tisser les tuniques qui ne vont qu'aux hommes de noble naissance et qui lui ont été commandées par le dieu Padarn.

– Et, bien entendu, vous n'avez jamais le temps de les finir, car déjà la première heure de la nuit arrive… et tout votre travail retombe en grains de sable, conclut Celtina.

– Tu as tout compris, soupira Chazh.

La jeune fille bondit sur ses pieds en leur lançant :

– Attendez-moi !

Elle sortit de la grotte pour réfléchir tout en inspectant le ciel. À l'horizon, le soleil tombait rapidement dans la mer. Que pouvait-elle faire pour aider les chats à finir les tuniques qui faisaient partie des treize trésors de Celtie ? Elle avait besoin de ces vêtements, et elle savait que les félins ne parviendraient jamais à les confectionner dans le laps de temps que leur avait octroyé Cennchaitt. Le vent soufflait maintenant en rafales chargées de fine neige. Il faisait de plus en plus sombre. La seule façon de résoudre son problème était de prolonger la nuit.

– C'est bien, je vais vous aider, dit-elle en reprenant sa place près des chats. Je connais une façon de suspendre le cours du temps ; mais jurez-moi de ne le dire à personne et surtout de ne me poser aucune question.

– Tu as notre parole, foi de Cathal ! s'exclama le gros matou noir.

– J'ai besoin de petits os… De poulet, par exemple ! indiqua la prêtresse.

– Je sais où il y en a ! s'écria Kat. Cennchaitt passait son temps à manger pendant que nous dansions.

Le jeune chat blanc conduisit Celtina au fond de la caverne où, effectivement, elle vit un gros tas d'os. Elle en ramassa un bon nombre qu'elle jeta devant elle sur le sol. Les fragments de squelettes de poulets se dispersèrent et elle entreprit de chantonner une étrange mélopée, tout en remuant ces restes. Après un moment qui parut assez long à tous les félins, un brouillard épais se forma dans la grotte. Ils n'arrivaient plus à se voir les uns les autres. Il faisait également plus froid. L'adolescente poursuivit son incantation, puis, par l'ouverture de la caverne, tous purent voir que la lune s'était voilée et était presque noire maintenant.

– Au travail, mes amis, lança Celtina. Je vais retenir minuit le plus longtemps possible.

Pendant que la jeune prêtresse demeurait concentrée sur le cours du temps, les douze chats rassemblèrent les grains de sable gris et les étendirent sur le sol, formant les contours d'une tunique argentée. Cathal les dirigeait afin de dessiner le plus beau vêtement possible, tout en jetant des regards inquiets vers la lune. Kat avait été chargé de guider la confection de la tunique dorée et lui aussi surveillait l'astre de la nuit du coin de l'œil. Les chats travaillaient vite et avec précision, et tout se passait très bien. Avec l'aide de Celtina, ils ne doutaient plus qu'ils parviendraient à surmonter le défi imposé par l'homme à tête de chat. Il fallait qu'ils aient terminé leur travail avant le retour de Cennchaitt pour reprendre leur apparence humaine.

Les chats s'activèrent tant et si bien que les deux tuniques d'apparat étaient presque achevées lorsque l'homme à tête de chat fit irruption dans la grotte. En constatant qu'il ne manquait que les fils d'argent et d'or pour fermer les vêtements, il laissa éclater sa mauvaise humeur. Il se précipita vers les tuniques pour les détruire, mais c'était impossible. Il tenta de déplacer le sable à grands coups de pied, mais il n'y avait rien à faire. Pas un grain ne bougeait de la place où les chats l'avaient posé.

— Par quelle magie avez-vous réussi? grommela l'homme. Et d'où vient toute cette brume? Et pourquoi les os de poulet sont-ils étendus de cette façon sur le sol?

À ces mots, Celtina sortit de l'obscurité et se campa devant Cennchaitt, les mains fermement ancrées sur les hanches, en affichant un air de défi. L'homme était imposant; il arborait une grosse tête de chat bleu, crème et blanche, des petites oreilles repliées qui dessinaient comme une casquette autour de sa face ronde où perçaient deux immenses yeux orange.

– C'est moi qui ai aidé les chats à terminer leur travail, tu dois maintenant les laisser repartir chez eux, déclara l'adolescente.

Pendant que Celtina s'adressait à l'homme à tête de chat, les félins un à un redevenaient les jeunes hommes qui avaient quitté l'île de Yell plusieurs lunes auparavant. Cennchaitt ne trouva rien à redire, car c'était le marché qu'il avait conclu avec eux.

La jeune fille ramassa les deux tuniques, puis les glissa dans son sac de jute. Mais, revenu de sa surprise, Cennchaitt s'exclama :

– Ah non ! Ce sont les tuniques de Padarn, je dois les livrer au dieu qui me les a commandées…

– Pas question ! répliqua Celtina. Elles sont à moi maintenant. C'est grâce à mes pouvoirs druidiques que les chats ont réussi à les tisser, c'est mon dû pour les avoir aidés.

– Je t'interdis…, la menaça Cennchaitt. Fais attention, jeune fille ! Je pourrais te jeter un sort et t'obliger à travailler pour moi.

Alors, la prêtresse psalmodia quelques mots, et le voile noir qui obscurcissait la lune commença à se dissiper. Quand elle en aperçut les premières lueurs, elle leva la main à la hauteur du visage de l'homme à tête de chat. Sa bague turquoise capta un reflet de l'astre qui fut dirigé directement vers les yeux orangés de Cennchaitt. Il fut ébloui, presque aveuglé. Il cria de douleur.

– Arrête! Arrête! Je te donne tout ce que tu veux! Mais je t'en prie, fais cesser cette douleur atroce dans mes yeux.

– Je veux les tuniques d'or et d'argent de Padarn…

– Je te les donne, je te les donne! Va-t'en maintenant. Partez tous!

L'homme à tête de chat laissa échapper un feulement de rage et d'impuissance. Celtina baissa le bras et, pendant que Cennchaitt cherchait à recouvrer la vue, elle se précipita hors de la grotte avec les douze jeunes hommes. Elle les accompagna sur la plage de sable gris et jaune qui s'étendait au pied de la falaise, sous la Goule-aux-Fées.

Puis Celtina se pencha, ramassa du sable qu'elle fit couler entre les mains des jeunes hommes.

– Voici quelques grains d'«argent de chat» et d'«or de chat». Conservez ce minerai pour vous souvenir de votre aventure et, surtout, ne revenez plus jamais vous amuser dans des endroits aussi dangereux.

– Viens avec nous, jeune druidesse, l'invita Cathal tandis que Kat, Caitt et Chazh poussaient la barque à l'eau. Nous pourrons te déposer à l'endroit de ton choix.

Celtina pesa le pour et le contre durant quelques secondes. Puis elle se dit que les garçons avaient raison: il valait mieux qu'elle quitte les lieux avant que Cennchaitt ne décide de se venger du mauvais tour qu'elle lui avait joué.

– C'est bon, poussez-vous, je monte! lança-t-elle en riant, pendant que les garçons lui faisaient une petite place dans leur barque. Je vous accompagne jusqu'à Yell, car je crois que je pourrai y trouver ce que je cherche.

– Et que cherches-tu? l'interrogea Kat.

– Des objets importants. Allons-y! fit Celtina, sans leur en dire plus sur les trésors qui étaient le but de son long voyage dans les îles du royaume d'Acmoda.

Chapitre 6

Ce fut au bord d'une crique que Celtina les découvrit. Elles étaient là, trois loutres dont deux petits qui batifolaient. La mère plongea une première fois et revint à la surface avec une belle prise frétillante. Elle déposa le saumon sur un rocher pour le déchiqueter et l'offrir aux estomacs affamés de ses petits. Puis, peut-être parce qu'un bruit ou l'odeur de Celtina les avait dérangées, les trois frimousses rondes sautèrent dans la rivière glacée et disparurent.

Celtina s'assit sur un rocher et attendit longtemps le retour des loutres. Mais elles ne revinrent pas. Alors, tandis que le ciel prenait les couleurs rouges et vertes d'une aurore boréale, la jeune fille s'enveloppa dans sa cape de laine. Il n'y avait aucune habitation aux alentours, et elle devait se résoudre à passer la nuit à la belle étoile, malgré le froid. L'île de Yell était un endroit mystérieux avec ses tourbières*, ses rivières aux eaux limpides et ses forêts denses.

La mousse, gorgée d'humidité, faisait un bruit d'éponge sous ses pas alors qu'elle cherchait un abri de rochers. La prêtresse aperçut de minuscules plantes carnivores capturant des insectes entre leurs feuilles. Une alouette grisolla. Son intrusion n'était pas appréciée par la faune locale. Un oiseau décolla à son approche et revint vers elle en piqué, histoire de lui faire comprendre qu'elle n'avait pas à traîner dans les parages.

Celtina désespérait de se trouver un refuge pour la nuit lorsqu'elle découvrit quelques minuscules poneys à la crinière blonde, blottis les uns contre les autres. Ils dormaient debout. Elle s'approcha. Les poneys s'étaient réunis près d'un amas de mousse que l'adolescente jugea confortable malgré l'humidité. Elle s'y installa. Les petits chevaux avaient le sommeil si léger qu'à la moindre alerte ils seraient réveillés et, du même coup, la réveilleraient aussi. La fatigue la rattrapant, elle s'endormit aussitôt étendue.

Elle sommeillait depuis quelques heures lorsque les poneys piaffèrent. Leur petit groupe était nerveux. Celtina se réveilla; il faisait nuit noire et elle avait froid. Un glapissement sinistre déchira le silence. La jeune prêtresse bondit sur ses pieds et ramassa son épée, tous les sens en alerte, prête à faire face à la moindre agression. Ses grands yeux verts scrutèrent les alentours, mais elle ne vit rien. Pourtant, le cri, beaucoup plus audible, semblait provenir d'un endroit peu éloigné de sa couche. C'était une sorte de pleurs, d'appel au secours. Quelqu'un était en danger.

Celtina avança prudemment afin de ne pas tomber dans un trou d'eau. Les poneys s'étaient dispersés, effrayés par le bruit. Elle continua d'explorer les environs du regard, écartant les herbes humides du bout de son épée, tâtant le sol devant elle avant d'y avancer un pied. Elle avait encore en mémoire sa mésaventure dans les marais du Val d'Orgueil et ne tenait pas à revivre cette expérience traumatisante. Puis elle se figea. Le cri lugubre retentit encore plus fort, là, juste devant elle, à quelques coudées* à peine. Malheureusement, elle ne voyait rien à dix pas, car la lune était cachée derrière un lourd manteau de nuages sombres. Tout à coup, elle vit les herbes onduler et une forme noire et luisante qui se débattait au bord d'une tourbière. Les cris redoublaient.

N'écoutant que son courage, Celtina se précipita à la rencontre de cet inconnu en danger. Elle se jeta à genoux et étira le tronc au-dessus de l'eau boueuse au moment où l'être revenait à la surface. Elle saisit la silhouette glissante à bras le corps et se projeta vers l'arrière pour extraire la créature sombre de sa fâcheuse position.

Des moustaches minces et raides lui chatouillèrent le nez. L'adolescente examina son étrange prise. Elle découvrit des pattes palmées et griffues, deux grands yeux noirs surmontant un petit nez humide et rond. La bête se secoua, ses petites oreilles s'agitèrent et sa longue queue touffue projeta des gouttelettes d'eau qui éclaboussèrent Celtina. La frayeur avait quitté l'animal, maintenant tout joyeux d'être sur la terre ferme.

– Eh bien, bébé loutre, tu étais dans un sale pétrin, heureusement que je t'ai entendu! s'exclama Celtina en se servant de sa cape pour essuyer le petit carnivore.

À sa grande surprise, le bébé loutre lui répondit:

– Merci de m'avoir sauvé! Je m'appelle Dratsie, et toi?

La jeune prêtresse reprit contenance. Les dieux aimaient souvent prendre la forme d'animaux pour visiter le monde et pour parler aux humains. Ce bébé loutre devait venir de l'Autre Monde pour mettre son courage et sa bonté à l'épreuve.

– Celtina du Clan du Héron! se présenta l'adolescente en examinant le rescapé. Qu'es-tu venu faire si loin de la rivière?

– Hum! hésita le bébé loutre. Eh bien, hier, pendant que maman était à la pêche et que je jouais avec mon petit frère, je t'ai aperçue. Tu avais l'air songeuse et ma curiosité m'a conduit à vouloir te regarder de plus près…

– Et pendant que ta maman avait le dos tourné, tu es revenu pour m'espionner…

– Oui !

La petite loutre grimaça, en baissant timidement les yeux.

– Tu es vraiment un petit curieux, Dratsie ! Que vais-je faire de toi ?

– Eh bien, Celtina du Clan du Héron, ce serait gentil de me ramener près de ma mère, là-bas, à l'embouchure de la rivière.

Celtina sourit. Le dieu qui avait choisi d'habiter le corps du bébé loutre était joueur et avait sans doute décidé de se divertir un peu en sa compagnie. Dratsie était un petit animal étrange et amusant, et surtout fort peu impressionné de côtoyer des humains.

– Je le ferai dès que le soleil se sera levé, car je ne veux pas me perdre dans les tourbières et me retrouver dans la même position que toi il y a quelques instants. Viens, il faut dormir pour être en forme demain !

La jeune fille entraîna son petit protégé vers son lit de mousse pour finir la nuit au sec. Au loin retentissaient les glapissements désespérés de la mère du jeune aventurier à la recherche de son petit. Même si elle en avait le cœur tout remué, Celtina ne pouvait y répondre sur-le-champ. Il fallait attendre le jour.

Le soleil était à peine levé que Dratsie léchait le visage de l'adolescente pour la réveiller.

– Tu as promis de me ramener à ma maman…

Celtina ouvrit un œil, puis l'autre. Son esprit était encore engourdi par le sommeil. Elle bâilla, puis s'assit et examina le bébé loutre. Il n'avait que quelques mois et avait effectivement besoin de retrouver sa mère et son clan pour survivre. Était-il un dieu ou simplement une loutre ayant le don de la parole? C'était difficile à déterminer. Celtina tendit l'oreille. La mère avait-elle abandonné? Plus aucun appel ne lui parvenait.

– C'est bien, allons-y! Ne t'écarte pas et ne me perds pas de vue, je ne tiens pas à te repêcher dans le marais une seconde fois.

La prêtresse se dirigea vers le rocher où, la veille, elle avait aperçu les trois loutres. Toutefois, au lieu du glapissement de la mère loutre, ce fut une étrange mélopée qu'elle entendit. Elle fit un signe au bébé loutre et tous deux se figèrent. Celtina s'accroupit et examina les alentours.

Elle aperçut un homme, debout sur le rocher où Dratsie et son frère s'étaient tenus la veille. C'était un druide à n'en pas douter, car il portait la robe blanche des prêtres. Il murmurait une incantation aux dieux, le visage offert au soleil, les bras écartés vers les cieux. Puis, sa prière achevée, il ramassa deux objets près de lui et les leva à la hauteur de ses yeux. Les objets accrochèrent la lumière et se mirent à briller. Celtina songea qu'ils étaient sûrement en or et en argent. L'homme lança le plat d'or à bout de bras, comme un disque. Celui-ci décrivit une longue courbe et plongea dans les eaux de l'estuaire*. Celtina ne put réprimer un frisson devant la pensée qui venait de lui traverser l'esprit.

Ô Dagda, je t'en prie, j'espère que ce ne sont pas les objets que je cherche! supplia-t-elle.

Le druide venait-il de jeter dans les profondeurs de l'eau le plat dont elle avait désespérément besoin pour sauver l'archi-druide Maponos?

La prêtresse s'approcha à découvert. Le druide poursuivait le rituel des offrandes et fixait un point sur l'eau; c'était le plat d'or qui s'enfonçait lentement.

– Pourquoi fais-tu ces offrandes, druide? l'interrogea doucement Celtina.

Elle ne voulait pas le brusquer et espérait encore pouvoir l'empêcher d'envoyer la cruche d'argent au fond de l'eau.

– Pour satisfaire Dagda et Lug, répondit le druide en se tournant vers elle.

Puis, constatant qu'elle ne comprenait pas le sens de ses paroles, il ajouta:

– J'ai eu la vision d'un hiver épouvantable. Yell va connaître des vents terribles, des chutes de neige comme nous n'en avons jamais vues sur cette terre; les dieux sont en colère. Je leur ai donc rendu le plat d'or et la cruche d'argent qu'ils m'avaient confiés il y a fort longtemps. Et je vais emmener notre tribu dans une autre île, au sud, mieux abritée. Nous devons fuir cette terre désolée.

– Je t'en prie, ne fais pas ça! l'implora Celtina. J'ai besoin de la cruche et du plat pour sauver Maponos et le peuple de Celtie. Tu n'as pas le droit de t'en débarrasser!

Mais le druide refusait de l'entendre. Il se baissa pour ramasser la cruche d'argent. La prêtresse, plus rapide, en avait déjà saisi l'anse. Elle tirait vers elle pour arracher l'objet des mains du druide, mais Ysgolhaig était un homme robuste et il tirait de son côté. Le pied de la jeune fille glissa sur la pierre mouillée et elle tomba en lâchant la cruche. Le prêtre prit son élan et propulsa le pot au loin, dans les eaux glacées, pendant que le non hurlé par Celtina se répercutait en écho sur les falaises.

L'adolescente se laissa tomber sur un rocher. Ses forces l'abandonnaient; elle était découragée. Olwen avait été formelle: pour acheter la liberté de Maponos à Yspaddaden, elle devait être en possession des treize trésors. Aucun ne devait manquer.

Ce fut le moment que choisit Dratsie pour se manifester. Lisant la désolation sur le visage de celle qui lui avait sauvé la vie, le bébé loutre se demanda comment y faire revenir le sourire.

– Je connais un moyen de récupérer les objets, glapit brusquement Dratsie. Je reviens!

Le bébé loutre piqua une tête dans la rivière et s'éloigna sous l'eau. Indifférent aux problèmes de Celtina, Ysgolhaig s'était éloigné, tout en surveillant le courant pour s'assurer que le plat et la cruche avaient bien coulé.

Celtina se promenait sur les rochers, attendant anxieusement le retour de Dratsie. Qu'est-ce que le bébé loutre pouvait bien faire pour l'aider? Puis, alors qu'elle se disait qu'il ne reviendrait jamais, elle constata un changement insolite sur la berge. Le niveau de la rivière semblait baisser lentement. Elle fixa un rocher à moitié immergé et évalua la hauteur de l'eau. Elle ne rêvait pas. Plus elle regardait et plus elle voyait l'élément liquide baisser.

Le petit nez de Dratsie jaillit soudain à moins de deux coudées de la jeune prêtresse. Puis un autre nez, un peu plus gros, apparut. La mère loutre se hissa sur la berge.

– Merci d'avoir sauvé mon fils! Il m'a dit que tu as besoin de récupérer le plat d'or et la cruche d'argent que nous avons vus passer au ras de nos moustaches, il y a quelques minutes.

– Pouvez-vous les ramener à la surface? demanda Celtina, dont le cœur était soudain rempli d'espoir.

– Non. Ils sont tombés assez profondément. Même en nous servant de nos pattes et de notre nez, nous ne pourrons pas les ramener près du bord pour que tu les repêches.

La déception marqua le visage de Celtina. Si elles avaient été des dieux, les loutres auraient facilement pu repêcher les objets pour elle.

– Mais il y a un autre moyen, poursuivit la mère. Mon compagnon, le chef de notre bande, possède un don assez particulier. Sugyn vient de l'Autre Monde, et les dieux lui ont donné la capacité de pomper l'eau. Il accepte de t'aider comme tu peux le voir.

En regardant la rivière, Celtina constata que l'eau baissait de plus en plus. Sugyn était au travail et pompait l'estuaire. Elle remarqua que de nombreuses loutres s'étaient retirées sur les rochers aux alentours pour lui laisser le champ libre. En peu de temps, le lit de la rivière fut à sec et la jeune fille put s'avancer au milieu, là où le plat d'or et la cruche d'argent d'Ysgolhaig reposaient dans la vase.

À peine eut-elle ramassé les deux objets que Sugyn relâcha l'eau. La prêtresse se hâta de remonter sur la berge, car ses chevilles étaient déjà mouillées. En quelques minutes, la rivière retrouva son cours et la bande de loutres s'y précipita joyeusement, en glapissant et en s'éclaboussant.

Celtina poussa un profond soupir de satisfaction. Ses efforts pour sauver Dratsie de la tourbière lui avaient valu une belle récompense. Le plat et la cruche étaient maintenant entre ses mains. Elle pouvait poursuivre sa quête des autres trésors.

– Merci! cria-t-elle en direction des loutres qui s'amusaient.

En s'éloignant, l'adolescente se retourna plusieurs fois. C'est ainsi qu'elle surprit Sugyn en pleine métamorphose. *Le chef de la bande des loutres était bien un dieu après tout,* songea-t-elle en le voyant se transformer en être filiforme* et transparent. Les Thuatha Dé Danann n'étaient jamais bien loin pour la protéger et l'aider. Celtina formula une prière de reconnaissance à l'intention de Dagda.

Chapitre 7

Celtina avait décidé de retourner au château d'Yspaddaden pour remettre le plat d'or et la cruche d'argent à Olwen. Mais, chemin faisant, elle aperçut de la fumée montant de la cheminée d'une cabane de pierres sèches. *Y jeter un coup d'œil ne serait pas superflu*, pensa-t-elle. Les habitants des lieux pourraient peut-être lui donner refuge pour quelques heures. Elle avait aussi très faim et espérait y trouver une bonne table.

Celtina cogna à la porte de la masure ; quelqu'un lui dit d'entrer. La prêtresse fronça les sourcils, car cette voix ne lui était pas inconnue. Mais où l'avait-elle entendue ?

La cabane n'était éclairée que par le feu qui flambait dans l'âtre. Devant, assise sur une peau d'ours, une jeune fille sanglotait. La silhouette de cette personne lui était familière. Elle portait une robe de prêtresse sale et en lambeaux ; ses longs cheveux étaient gluants de boue. Elle avait dû affronter le mauvais temps et plusieurs dangers avant d'arriver dans cette cabane.

La jeune fille en pleurs se retourna et Celtina, surprise, reconnut Solenn, la reine de mai, sa compagne d'études sur l'île de Mona. Celtina se précipita vers elle pour la consoler et l'interroger sur la peine qui l'affligeait.

– Comment es-tu arrivée ici? s'étonna-t-elle. Je croyais que tu avais épousé le Seigneur de la lande et que tu avais trouvé refuge dans la forêt sacrée des Carnutes…

– Ah! se lamenta Solenn, j'étais très heureuse chez les Carnutes, mais un messager est venu me prévenir que mon frère Llawfrodded était en grand danger dans ce pays!… Alors, je suis venue sans tarder pour essayer de lui prêter main-forte.

– Tu es très courageuse, Solenn, mais aussi un peu inconsciente, la gronda Celtina. En tant que reine de mai, tu n'as pas le droit de mettre ta sécurité en péril. Tu dois veiller sur les nouveau-nés, sur les récoltes à venir…

– La mauvaise saison est arrivée, Celtina, protesta Solenn. Je n'ai plus à veiller sur quoi que ce soit… si ce n'est sur ma famille!

Les mots de Solenn sonnaient comme un reproche aux oreilles de Celtina. La jeune prêtresse se souvenait qu'elle aussi avait une famille à secourir. Au lieu de cela, elle avait choisi de se rendre à Acmoda pour tenter de retrouver les treize trésors de Celtie. Elle ne devait pas juger les choix de Solenn; chacune d'elles en avait à faire. Elles avaient tenté d'agir pour le mieux.

– Llawfrodded n'est-il pas cet écuyer dont le poignard vaut dix épées, qui peut servir quatre fois et transpercer vingt hommes d'un seul coup? demanda Celtina, tout en se servant de la nourriture que Solenn avait déposée sur le sol, près d'elles.

– Oui, c'est lui! s'exclama Solenn, pleine d'espoir. Tu l'as vu? Où est-il? Comment va-t-il?

– Calme-toi, reine de mai! soupira Celtina. Non, je ne l'ai pas vu! Je le cherche moi aussi, car j'ai besoin de son poignard pour acheter la libération de l'archidruide Maponos.

– Malheur, par Hafgan. Llawfrodded voulait justement arracher Maponos, le Sanglier royal, aux griffes d'Yspaddaden. Il a sûrement échoué.

Solenn se remit à pleurer de plus belle.

– Peux-tu m'expliquer comment tu as eu l'idée de venir rechercher ton frère jusqu'ici? Es-tu à la recherche des trésors, toi aussi?

– C'est la cloche de Kadelok qui m'a guidée, répondit la reine de mai.

Celtina la dévisagea d'un air interrogateur; elle n'avait jamais entendu parler d'une telle cloche.

– La cloche de Kadelok est un puissant talisman qui a été remis à Llawfrodded par notre grand-père Milhed. Notre famille fait partie des Fils de Milé.

Celtina resta sans voix en entendant cela. Les Fils de Milé étaient les ennemis des

Thuatha Dé Danann. Les deux clans de dieux s'affrontaient sans cesse pour s'emparer de la terre d'Ériu et de toute la Celtie. Celtina, même si elle n'en était absolument pas certaine, pensait être liée aux Thuatha Dé Danann par son père, le forgeron, et peut-être aussi par sa mère, Banshee, dont personne ne connaissait les origines.

Ainsi, Solenn et Celtina appartenaient à deux clans ennemis et, pourtant, plutôt que de les opposer, tout les réunissait. Il faut dire qu'elles avaient étudié ensemble sur l'île de Mona et que ces nombreuses années d'études avaient créé des liens importants entre tous les élèves de Maève.

– La cloche de Kadelok sonne quand celui qui la porte est en danger, continua d'expliquer Solenn. Elle résonne si fort que tous ceux de son clan peuvent l'entendre, peu importe où ils se trouvent, et peuvent ainsi se porter à son secours.

La reine de mai ne se doutait pas que Celtina était occupée à analyser leur situation de sœurs ennemies.

– Pourquoi es-tu la seule à être venue à son secours ? s'étonna Celtina. Les Fils de Milé sont-ils tous des peureux ?

Le ton de la jeune prêtresse était mordant et Solenn grimaça, se demandant ce qui arrivait à son amie pour se montrer aussi grognon d'un seul coup.

– Je ne sais pas… je ne sais pas! bredouilla la reine de mai. Depuis que les Romains ont envahi la Celtie, plus rien n'est comme avant. Les tribus sont perdues, plus personne ne sait ce qu'il faut faire, comment agir. Les tribus hésitent à demander l'aide des dieux pour se défendre. Certains prient les Fils de Milé, et d'autres, les Thuatha Dé Danann. Certains parlent d'invoquer les Fir-Bolg et même les Fomoré, et d'autres pensent qu'il serait préférable de faire appel aux tribus des dieux de Partholon ou de Nemed.

– Je vois! fit Celtina.

En fait, elle ne voyait rien du tout. C'était tellement compliqué! Si les clans humains ne savaient plus à quels dieux se vouer, alors c'était que tout allait vraiment de travers dans la grande Celtie.

Après quelques longues secondes de réflexion, Celtina reprit:

– Donc, tu as entendu la cloche et tu es venue aider ton frère. Pourtant, puisque tu es en pleurs dans cette cabane, c'est que tu ne l'as pas retrouvé!

– Non! soupira Solenn. Je ne sais absolument pas où il est. Et même si je possède Voulga, le bâton que m'a donné mon grand-père Milhed pour voyager plus vite que le vent, il ne me sert à rien tant que la cloche de Kadelok ne retentit pas de nouveau pour me guider.

Les deux jeunes filles continuèrent à discuter longtemps pour trouver une façon d'aider Llawfrodded. Et, justement, le garçon en avait bien besoin.

Llawfrodded s'était aventuré sur l'île de Feltar, une autre partie du domaine d'Yspaddaden. Le jeune écuyer pensait y trouver Maponos, mais le géant n'était pas né de la dernière pluie. Au-devant de l'imprudent, il avait envoyé Floraidh, l'une de ses meilleures guerrières. C'était également une jolie jeune femme qui avait pour mission de charmer le garçon pour lui faire oublier la raison de sa quête. Lorsqu'il avait débarqué sur l'île de Feltar, Llawfrodded avait eu la joie de découvrir Floraidh qui l'attendait. Elle lui avait offert de l'héberger et de le nourrir avant qu'il ne parte à la recherche de l'archidruide. Confiant, le garçon avait accepté une coupe d'un breuvage à base de petits fruits rouges aigrelets qu'il ne connaissait pas et qui ne poussaient que dans les régions nordiques du monde. Il en avait bu tant et tant que la magie de la boisson avait fait son œuvre : il avait oublié la raison de sa venue dans l'île. Ensuite, pour être sûre de l'enchaîner pour des siècles, Floraidh lui avait proposé de l'épouser. Llawfrodded avait accepté avec empressement. La belle lui avait même fait miroiter la possibilité de devenir très riche, car elle possédait d'immenses trésors.

Le peuple d'Yspaddaden avait donc été convié à la noce, et la fête battait son plein dans la grande salle du château du géant. Seule Olwen se tenait à l'écart des festivités, car elle cherchait un moyen de prévenir Celtina de ce qui se tramait. Jusqu'à maintenant, Llawfrodded avait gardé son poignard sur lui, mais, tôt ou tard, il finirait par le déposer et plus rien ne pourrait empêcher Yspaddaden de s'en emparer. Et, ainsi, le jeune écuyer n'aurait plus aucun moyen de délivrer Maponos et se retrouverait entièrement à la merci des hommes du géant.

Consciente du danger, Olwen guettait tous les mouvements de l'écuyer, espérant pouvoir prendre le poignard à l'insu de tous. Après avoir mangé et bu, les fêtards jugèrent que le moment était venu de danser, de lutter, de prouver leur force et leur valeur. C'était le moment que la princesse attendait depuis des heures. Llawfrodded ôta sa tunique et son ceinturon où pendaient son poignard et une étrange clochette, afin d'être plus à l'aise pour affronter le champion de lutte d'Yspaddaden. Le redoutable Miolchu était une force de la nature que jamais personne n'avait pu soumettre.

Olwen se précipita vers le ceinturon, mais trop tard. Floraidh l'avait déjà entre les mains et avait retiré le poignard de son étui. La jeune guerrière éclata de rire en lisant la déconvenue sur le visage de la princesse d'Acmoda. Pour la narguer, elle détacha la clochette du ceinturon et l'agita sous le nez d'Olwen.

À plusieurs lieues de là, dans la cabane de pierres grises, le son de la clochette interrompit la discussion des deux apprenties prêtresses.

– Vite, Voulga, guide-nous vers la clochette de Kadelok, cria Solenn.

Aussitôt, le bâton partit comme une flèche, entraînant dans son sillage Celtina et Solenn qui survolaient le sol, se déplaçant plus vite que le vent.

Le violent tourbillon déposa les deux jeunes filles au pied du château d'Yspaddaden où la fête continuait. Elles étaient passablement ébouriffées et avaient le souffle coupé par ce voyage hors du commun.

Après avoir repris leurs esprits, elles examinèrent le château. Mais les pierres noires de la forteresse étaient si efficacement jointes que Celtina ne retrouva pas la porte par laquelle l'archer l'avait fait entrer la fois précédente. Elle avait beau regarder vers les créneaux, elle ne voyait aucun soldat à qui présenter sa requête pour pénétrer dans l'enceinte.

– Comment entrer là-dedans et trouver ton frère avant qu'il ne soit trop tard? dit Celtina. Je n'ai aucun moyen de prévenir Olwen pour qu'elle nous ouvre la porte.

– Voulga, bâton de Milhed, propulse-nous par-dessus la muraille! invoqua Solenn.

Une fois encore, le bâton s'élança et son déplacement d'air phénoménal emmena les deux apprenties dans la cour intérieure de la citadelle. Personne ne prit garde à leur arrivée, car la fête était à son comble et elles purent se glisser facilement dans la grande salle du banquet.

Llawfrodded luttait contre Miolchu, mais il n'était pas de taille. Par deux fois déjà, le géant lui avait collé les épaules au sol. C'était la dernière manche de la lutte. S'il était de nouveau battu, le frère de Solenn irait rejoindre tous les autres téméraires qui avaient osé s'en prendre au champion d'Yspaddaden et, surtout, tous ceux qui avaient en vain tenté de délivrer Maponos.

Yspaddaden les tenait enfermés dans ses mines d'or où ils étaient condamnés à travailler comme des esclaves pour extraire le précieux minerai dont on ferait ensuite divers ustensiles, des bijoux et des ornements pour les armes des guerriers d'Acmoda.

– Pourquoi Llawfrodded a-t-il laissé son poignard entre les mains de cette fille! s'exclama Solenn en constatant que Floraidh la guerrière combattait avec l'arme de son frère et transperçait sans merci tous les hommes qui l'affrontaient.

– Elle a dû le lui voler! supposa Celtina.

– Llawfrodded ne pourra plus y toucher désormais. Sa geis lui interdisait de se séparer de son poignard sous peine d'en perdre la jouissance à tout jamais, déclara Solenn, effondrée. Maintenant, c'est cette guerrière qui a tous les pouvoirs de Milhed entre les mains, c'est inacceptable !

– Si je parviens à lui arracher ce poignard… que va-t-il se passer ? la questionna Celtina en se glissant subtilement vers la jeune guerrière d'Acmoda.

– Tu t'attribueras son pouvoir. Celui qui a cette arme entre les mains devient invincible, expliqua Solenn.

– Ah ! te voilà ! chuchota une voix près de l'oreille de Celtina.

C'était Olwen qui l'avait repérée parmi les invités de la noce.

– Tu tombes bien, Olwen ! murmura à son tour Celtina. Tu vas nous aider. Nous devons faire diversion. Il faut déclencher un brouillard druidique avant la fin du combat, car Llawfrodded n'a aucune chance de le gagner. Il faudra faire vite. Solenn et toi, vous sauterez sur Llawfrodded et vous l'emmènerez hors de cette pièce. Moi, je prendrai le poignard à la guerrière. On se retrouvera dans la cour. Vite !

Solenn et Celtina soufflèrent alors en direction des lutteurs et créèrent un épais brouillard qui envahit aussitôt toute la salle. La confusion s'installa parmi les fêtards. Des cris retentirent.

Miolchu et les gardes noirs d'Yspaddaden voulurent s'emparer de Llawfrodded, mais Olwen et Solenn l'avaient déjà attiré vers elles. Les gardes se heurtèrent, s'invectivèrent. Les armes furent sorties. Les uns frappaient à gauche, les autres, en avant, mais ils fendaient l'air. La brume était si épaisse qu'ils ne parvenaient pas à voir le bout de leur lame. Les disputes éclatèrent. Des soldats se battaient contre d'autres soldats. Les musiciens se jetèrent dans la mêlée et assommèrent tous ceux qui passaient à la portée de leurs tambourins. Les timbales, les hanaps, les assiettes d'étain servaient de projectiles. C'était le chaos total. Celtina profita de la débandade pour arracher le poignard des mains de Floraidh qui ne l'avait pas sentie venir derrière elle.

Pendant que le désordre régnait dans la salle des banquets, Olwen, Solenn, Celtina et Llawfrodded s'étaient déjà enfuis. Grâce au bâton Voulga, les quatre jeunes gens furent transportés loin du tumulte en quelques secondes à peine. Ils se retrouvèrent sains et saufs dans la cabane de pierres sèches.

Celtina et Solenn s'empressèrent de préparer un contrepoison pour Llawfrodded, car le garçon était encore sous le puissant charme de Floraidh et ne comprenait pas pourquoi on l'avait arraché à sa jolie fiancée. Prétextant sa pâleur et disant vouloir lui redonner des forces, elles lui firent boire la mixture.

– Que fais-tu avec mon poignard? lança Llawfrodded à Celtina dès qu'il eut retrouvé ses sens. Tu me l'as volé?

Le garçon voulut se jeter sur elle pour reprendre son bien, mais la tête lui tournait et sa sœur le retint.

– Celtina t'a sauvé, mon frère, intervint Solenn. Tu as perdu ton poignard en désobéissant à ta geis. Tu t'en es séparé toi-même, en laissant tomber ton ceinturon pour te battre. Tu n'as plus aucun droit sur lui. Il appartient à Celtina désormais.

Llawfrodded ne fit pas un geste de plus. Il savait qu'il n'y avait plus rien à faire.

– Prends soin de mon poignard, Celtina. C'était le seul souvenir que j'avais de mon grand-père Milhed.

– Ne t'inquiète pas, il va servir une bonne cause, le rassura l'adolescente. Grâce à lui et aux autres trésors de Celtie, je vais pouvoir obtenir la liberté de Maponos.

– C'était aussi mon but, mais j'ai échoué! soupira Llawfrodded. J'espère que tu auras plus de chance et de ruse que moi.

– J'ai déjà obtenu la nasse de Gwyddno Longues-Jambes, les tuniques de Padarn, la coupe de cristal de Bran Galed, le plat d'or et la cruche d'argent d'Ysgolhaig et voici le poignard de Llawfrodded, énuméra Celtina. Olwen, je te confie tous les trésors retrouvés jusqu'à maintenant, garde-les loin des yeux et des mains de ton père.

— Il te reste huit trésors à trouver…, commenta Olwen, et plus beaucoup de temps, car l'hiver tombe déjà sur Acmoda. Il deviendra de plus en plus difficile pour toi de te déplacer sur les terres d'Yspaddaden.

— Le temps presse aussi pour la Celtie! Il faut absolument que je parvienne à ramener l'archidruide sur la terre des Carnutes avant que les Romains ne nous détruisent jusqu'au dernier, poursuivit Celtina.

— Et n'oublie pas la mission que nous a confiée Maève, intervint Solenn. Il faut ramener tous les vers d'or à Avalon pour restaurer la Terre des Promesses.

— Les deux choses sont liées, ma sœur, rétorqua Celtina. Quand le Sanglier royal aura regagné la Celtie, que nos armées auront vaincu les Romains, alors les messagers de Mona seront plus en sécurité pour se rendre à Avalon.

— Moi, je ne peux prétendre restaurer la Terre des Promesses. Je suis la reine de mai et je dois rester chez les Carnutes jusqu'au moment où l'on choisira celle qui me remplacera, à la prochaine fête de Beltaine. J'ai décidé de te confier mon vers d'or. Tu sauras le mener à bon port.

Llawfrodded et Olwen se retirèrent près du feu qui crépitait pour ne pas entendre le secret de Solenn.

— Mon vers d'or est le suivant: «Les trois preuves que Dagda nous donne de ce qu'il a fait et de ce qu'il fera sont : sa Puissance infinie, sa Sagesse infinie, son Amour infini. »

– Quelle est ta pierre ? l'interrogea Celtina en lui montrant sa propre turquoise.

Solenn porta sa main droite à la hauteur de sa poitrine.

– L'améthyste ! Symbole du rêve. J'ai toujours rêvé d'être la reine de mai, Maève l'avait bien compris !

Les deux prêtresses se serrèrent très fort dans les bras l'une de l'autre.

Pour vaincre les Romains, toutes les tribus de Celtie devront un jour faire comme nous, unir les dieux ; que les Fils de Milé se joignent aux Thuatha Dé Danann. Il n'y a que par l'union que nous réussirons à nous sauver ! songea Celtina.

– Je partirai demain à la première heure ! dit-elle à Solenn. Ce soir, partageons notre repas et racontons-nous les légendes et les contes que nous ont transmis nos pères.

Les quatre jeunes gens s'installèrent sur la peau d'ours et discutèrent longtemps dans la nuit.

Chapitre 8

La neige tombait à gros flocons lorsque Celtina se glissa hors de la cabane où ses deux compagnons dormaient encore. La nuit était grise et sans lune. Il était difficile de s'orienter dans la tempête; la prudence était de mise. La jeune fille se drapa dans sa cape pour avoir moins froid, mais pas une fois elle ne songea à faire demi-tour pour regagner la douce chaleur de la cabane.

Elle serra les dents sous la morsure des rafales et poursuivit son chemin avec résolution. La neige rendait la roche nue glissante et, à plusieurs reprises, Celtina manqua perdre pied. À travers le rideau de neige, elle percevait le bruit violent de la mer qui grondait contre les falaises. Elle ne devait pas s'aventurer trop près du bord, mais, en même temps, elle se demandait où pouvait bien être le bord, car elle ne voyait pas à dix pas devant elle.

L'adolescente avançait courbée pour offrir moins de prise au vent et pour garder son équilibre lorsque son pied buta contre un objet. Elle s'arrêta pour le ramasser. C'était un gros bâton, noueux mais solide.

Elle sourit, appréciant sa trouvaille. Voilà un compagnon qui lui serait bien utile pour sonder le terrain devant elle avant de s'y hasarder, et surtout pour soutenir sa marche. C'est alors qu'une voix la cloua sur place. Le ton était menaçant.

– Reste là où tu es, tout de suite !

Elle fit un tour complet sur elle-même, mais ne vit personne. La tempête se déchaînait et la neige la giflait avec violence. Et pour ajouter à la difficulté, la nuit s'éternisait, car le soleil peinait à se lever à l'horizon en cette période de l'année. La prêtresse songea qu'elle avait choisi une bien mauvaise journée pour reprendre sa quête des trésors manquants. Mais avait-elle le choix ?

– Qui es-tu ? cria-t-elle dans le vent glacial qui emportait ses paroles. Que me veux-tu ?

Elle serra le bâton plus fort contre elle ; c'était une arme qu'elle n'hésiterait pas à utiliser si on l'agressait.

– On m'appelle Amorgen, Fils de Milé, reprit la voix.

Les yeux de Celtina fouillèrent l'obscurité à la recherche de l'homme, mais il était trop bien caché par le voile de neige.

La jeune fille trembla. Était-ce de froid ou de crainte ? En tant que Fils de Milé, Amorgen était à la fois dieu, sorcier et poète. Comme tous les légendaires ancêtres des peuples de Celtie, il était doté de pouvoirs surnaturels. Son nom était renommé, vénéré et redouté dans toutes les tribus celtiques. Que faisait-il, au cœur de cette nuit infernale, au bord de la falaise? L'avait-elle troublé dans quelque mystérieux rituel druidique? Était-il à la recherche de Solenn et de Llawfrodded, descendants des Fils de Milé?

– Laisse tomber ce bâton, fille de Celtie, reprit la voix.

Celtina obéit aussitôt. Elle ne souhaitait pas que le courroux* du redoutable Amorgen s'abatte sur elle.

Alors, elle distingua une main aux doigts osseux qui ramassait le bâton. Puis apparut un vieil homme à la chevelure et à la longue barbe blanches. Il était drapé dans des peaux de bêtes alourdies par la neige. Ses yeux noirs et profonds et son visage marqué par le passage des ans lui donnaient un air sévère. Il leva le bâton et Celtina protégea sa tête de son bras, croyant, à tort, qu'il allait la frapper. Devant ce geste de protection dérisoire, Amorgen éclata de rire.

– Ce bâton est le mien, fille de Celtie. N'aie crainte, je ne te veux aucun mal. Tu es bien courageuse de t'aventurer ainsi au bord de ces falaises abruptes, au plus profond de la tempête.

Amorgen ouvrit largement les bras, et les flocons de neige s'écartèrent, puis cessèrent de tomber d'un seul coup. Celtina découvrit alors qu'elle avait les pieds tout au bord du précipice et qu'un pas de plus l'aurait projetée vers une mort certaine. L'intervention d'Amorgen lui avait sauvé la vie. La peur la saisit alors, et elle se laissa tomber sur les fesses, le cœur battant la chamade et le corps agité de tremblements.

– Mer… ci, merci, bredouilla-t-elle.

– Que fais-tu dans les parages par une nuit pareille ? T'es-tu égarée ? Ou…

Les yeux d'Amorgen brillaient d'intelligence. Le Fils de Milé savait exactement ce qui avait amené Celtina si près du vide.

– Ou… es-tu attirée par le trésor de Rhydderch qu'on appelle aussi Haël le généreux ? reprit-il en lui tendant la main pour l'aider à se relever sur les rochers glissants.

Celtina le dévisagea. Comment pouvait-il savoir ce qu'elle cherchait ? Puis, en réfléchissant quelques secondes, elle songea que c'était normal. Un si grand druide, un être aussi exceptionnel qu'Amorgen n'avait aucun mal à lire dans ses pensées.

– Je cherche le glaive de Rhydderch. Celui qui, manié par un vaillant chevalier, émet une flamme invisible.

– L'épée s'appelle Dyrnwyn, enchaîna Amorgen. Mais, malgré son surnom d'Haël le généreux, le valeureux Rhydderch ne te la donnera pas aussi facilement que cela. Tu devras la mériter.

– Que dois-je faire pour la mériter ? Je ferai n'importe quoi ! s'emballa Celtina.

– Ne sois pas si sûre de toi, jeune fille. Le danger est grand et ta bonne volonté ne suffira pas…

– Je n'ai pas le choix, Amorgen. Il me faut cette épée. Si tu sais où elle se trouve, alors conduis-moi jusqu'à elle.

– Je savais que tu me demanderais cela. Allez, suis-moi! Mais, par Hafgan, fais attention où tu mets les pieds et ne va pas glisser en bas de la falaise!

Amorgen s'éloigna et Celtina se dépêcha de lui emboîter le pas. Le druide-sorcier marchait vite et elle avait du mal à ne pas le perdre de vue au cœur de la nuit noire. Heureusement, la neige cessait immédiatement devant lui et elle n'aveuglait plus la jeune prêtresse. Après environ une heure de marche, Amorgen s'arrêta devant un énorme rocher qui leur barrait le chemin.

– Voici le Roc de la Forteresse!

Le Fils de Milé posa ses deux mains sur la pierre grise, prononça une incantation et le bloc bougea, ouvrant un passage sur un souterrain qui s'enfonçait au plus profond des falaises par un escalier de pierre mal taillée. Amorgen se glissa le premier sous terre; ses mains tendues devant lui brillaient d'une lumière éclatante, ce qui leur permit de descendre sans encombre.

Brusquement, le druide-sorcier s'arrêta net et, emportée par son élan, Celtina lui heurta le dos. Devant eux se dressait un énorme bouclier de bronze et d'or scintillant de mille feux. Il y avait tout juste la place sous l'écu* pour passer, et encore, en se baissant beaucoup.

– Tu vois ce bouclier au milieu du passage…, déclara Amorgen. Il ne faut surtout pas y toucher. Quoi qu'il arrive, garde-toi bien de le heurter ou de le faire bouger!

– Pourquoi? questionna Celtina.

Mais le druide-sorcier ne répondit pas. Il s'était déjà jeté à plat ventre pour ramper sous le bouclier. L'adolescente l'imita, en prenant bien garde de ne pas faire bouger l'objet, ne fût-ce que par un déplacement d'air.

Ils débouchèrent dans une vaste salle et se remirent debout. Amorgen alluma des torches en se servant des braises d'un feu qui couvait dans le fond de la grotte. Celtina se demanda qui pouvait entretenir ces braises, jour après jour, au cœur du souterrain, car elle ne voyait personne. Les torches disposées en cercle sur les parois furent allumées une par une par le druide-sorcier. La prêtresse était figée de stupeur. Elle comprit qu'elle se trouvait dans un vaste mausolée*, rempli de nombreux guerriers endormis. Ils portaient tous leurs armes et semblaient menaçants. Elle vit un homme plus grand que les autres, mieux armé aussi. Son glaive brillait d'une lumière vive. Il était couché, les bras croisés sur la poitrine.

– C'est le glaive de Rhydderch Haël le généreux…, précisa Amorgen.

– Puis-je le prendre? demanda Celtina.

– Essaie! lança le druide-sorcier.

La jeune fille s'avança et tira doucement sur le glaive que le guerrier tenait fermement contre sa poitrine. Elle craignait de le réveiller.

– N'aie crainte! Il ne se réveillera pas, même si tu lui retires son épée. La seule chose qui puisse réveiller ce roi endormi, c'est de heurter le bouclier derrière toi. Dans ce cas, il t'attaquera sans avertissement.

Celtina jeta un coup d'œil derrière elle. Le bouclier était à moins de cinq pas dans son dos. Elle devait se montrer prudente.

D'une main ferme, elle s'empara de la garde de Dyrnwyn et tira de toutes ses forces. Rien à faire, l'épée resta à sa place. L'adolescente jeta un long regard à Amorgen qui hocha de la tête en guise d'encouragement. Alors, plaçant ses deux pieds de chaque côté de la tête de Rhydderch Haël, elle saisit l'épée à deux mains et tira encore. L'épée bougea, mais à peine.

Celtina inspira longuement et recommença. L'épée jaillit d'entre les mains du guerrier avec un tel élan que la prêtresse fut projetée vers l'arrière. Sa tête heurta le bouclier. Dans un souffle de vent druidique, Amorgen disparut, la laissant seule face aux conséquences de ses actes.

Simultanément, Rhydderch Haël se redressa sur son séant. Ses épais sourcils noirs se rejoignaient en un pli de colère au-dessus de ses grands yeux sombres et globuleux. Sous le coup de la surprise, Celtina laissa tomber Dyrnwyn à ses pieds. Le métal de l'épée tinta en touchant la pierre du sol. Le guerrier ramassa son glaive et aussitôt le leva vers la jeune fille. Elle eut juste le temps de se précipiter sous le bouclier pour tenter de fuir par les escaliers. Dyrnwyn s'abattit sur l'écu et le trancha net sur toute la longueur.

Se souvenant alors de sa geis qui lui interdisait de tourner le dos à la mort, Celtina pivota pour faire face à son agresseur, tout en sortant sa propre épée de son fourreau. Elle leva son arme au moment où celle du guerrier s'abattait une nouvelle fois sur elle. Les deux glaives s'entrechoquèrent. Mais l'adolescente n'était pas de taille à affronter un géant de la force du guerrier. Ses jambes fléchirent au premier choc. Au second, son épée vola dans les airs et s'écrasa sur une pierre où son tranchant s'ébrécha. Celtina était à la merci de Rhydderch Haël, mais fermement décidée à ne pas se laisser trancher le cou sans résistance.

Se concentrant comme le lui avait appris Maève, elle se retira en elle-même pour faire appel aux forces protectrices de Manannân. Il était temps qu'elle ait recours aux lances que le fils de l'océan lui avait offertes durant son séjour dans l'île d'Arran. La Jaune et la Rouge apparurent et se croisèrent aussitôt devant elle, alors qu'une fois encore Dyrnwyn menaçait sa tête. Elles se dressèrent pour former un barrage infranchissable. Rhydderch Haël avait beau frapper et frapper encore, jamais son épée ne parvenait à franchir le mur de protection érigé par les lances. Ce que constatant, le guerrier cessa de la menacer. Il était plutôt étonné.

– Quelle est cette magie? questionna-t-il en retenant son bras. Qui es-tu? Que veux-tu?

– Celtina du Clan du Héron, fit-elle. Je veux que tu me donnes Dyrnwyn…

Le guerrier fit entendre un énorme rire. L'écho en rebondit sur les parois du souterrain et s'amplifia. Le vacarme était assourdissant.

– Je reconnais les lances Jaune et Rouge de Manannân. Comment as-tu réussi à t'emparer des armes du fils de l'océan? Les dieux des Thuatha Dé Danann ne sont pas du genre à se départir de leurs biens facilement.

– Manannân est mon ami, se vanta Celtina. Il m'a prêté ses épées la Riposteuse, la Grande Furie et la Petite Furie, ses lances, son armure, Morvach son cheval de mer et même Rhiannon, sa jument blanche.

Le guerrier afficha une mine étonnée.

– Eh bien, tu as des protections très particulières! À quoi te servira Dyrnwyn si je te la prête?

Voyant que sa situation s'améliorait et qu'elle avait une chance d'obtenir l'épée sans mettre sa vie en danger une seconde fois, la jeune prêtresse lui raconta pourquoi elle recherchait les treize trésors de Celtie et comment ceux-ci l'aideraient à libérer l'archidruide Maponos.

— Qui t'a introduite dans cette caverne? demanda encore Rhydderch Haël en cherchant une autre silhouette derrière elle.

Mais il n'y avait personne. Amorgen avait bel et bien disparu.

— Amorgen, Fils de Milé, m'a fait descendre dans ce souterrain, répondit naïvement Celtina, qui ne voyait aucun inconvénient à dire la vérité.

— Par la queue de Tourc'h, la truie! blasphéma le guerrier. Un Fils de Milé dans mon antre! Ah! le voleur, le mécréant! Il s'est servi de toi pour arriver jusqu'à moi. Il avait sans doute l'idée de me faire un mauvais parti une fois que je serais désarmé. Et, toi, tu as accepté… Tu ne sais donc pas que je suis un Thuatha Dé Danann et que les Fils de Milé sont nos ennemis.

— Je ne comprends rien à vos histoires de dieux, se révolta Celtina. Vous feriez mieux de vous allier pour combattre les Romains, au lieu de vous chamailler sans cesse depuis la nuit des temps.

Le dieu-guerrier marcha de long en large dans la caverne, l'épée levée, prêt à l'abattre sur Amorgen, si le druide-sorcier osait se montrer. Ce que, évidemment, le Fils de Milé se garda bien de faire.

– Tu es brave, Celtina du Clan du Héron, déclara soudain Rhydderch Haël qui, peu à peu, retrouvait son calme. Je vais te prêter Dyrnwyn, si tu me fais la promesse de ne jamais dire à aucun Fils de Milé que je suis ici, désarmé. Il en va de ma vie et de celle de mes hommes. Jure-le!

Celtina obtempéra.

– Je le jure par Dagda et par Lug!

– Lorsque tu n'auras plus besoin de mon épée, indiqua le dieu-guerrier, tu n'auras qu'à la déposer sous le tertre* de la Colline des Vagues. Elle reviendra toute seule entre mes mains. Jure-le!

– Je le jure par Dagda et par Lug!

Rhydderch Haël lui tendit alors son épée magique. Celtina demanda aux deux lances de Manannân de s'écarter. Elles disparurent aussitôt. La jeune prêtresse prit doucement Dyrnwyn par la garde. L'arme était lourde à première vue et, pourtant, lorsqu'elle la brandit au-dessus de sa tête, elle devint d'une étrange légèreté. Sa lame n'était qu'une brûlante lumière blanche… C'était la flamme invisible.

Chapitre 9

Une fois remontée à la surface, Celtina attendit qu'Amorgen se manifeste de nouveau. Mais le Fils de Milé ne daigna pas revenir. Alors, la jeune fille glissa l'épée magique à sa ceinture et quitta les abords de la caverne.

La neige avait cessé, et son grand manteau blanc recouvrait tout le paysage. Le jour avait toujours de la difficulté à percer la couche nuageuse grise, et le soleil réchauffait à peine le paysage. Celtina avait froid et faim mais, pour le moment, rien ne lui permettait d'espérer le gîte et le couvert dans quelque endroit que ce fût. Les rochers ne lui offraient aucun abri sûr. Elle se décida donc à quitter le bord des falaises pour tenter sa chance au cœur des terres, là où les épaisses forêts de pins pourraient peut-être lui procurer un peu de répit.

Arrivée devant un marais, l'adolescente hésita. Devait-elle le contourner ou y chercher un passage pour gagner la forêt qu'elle voyait de l'autre côté. Le gel avait sans doute solidifié le sol, mais comment pouvait-elle en être sûre ? Elle avança un pied, puis l'autre.

Comme elle ne s'enfonçait pas, elle s'enhardit et marcha plus rapidement.

Tout à coup, Celtina entendit un son étrange… comme une voix aigrelette. Elle scruta les alentours du regard. Pas âme qui vive. Elle allait reprendre sa marche lorsque le même bruit lui parvint. Cette fois, la jeune fille en était sûre, quelqu'un parlait dans le coin. Elle se concentra pour déterminer d'où cela pouvait venir. Mais elle ne voyait toujours ni bête ni homme. Brusquement, elle comprit. La voix, c'était le chant du vent dans les roseaux. Elle sourit. Elle détacha son poignard de sa ceinture et coupa une tige de roseau. Voilà de quoi faire une belle flûte pour accompagner sa marche! Alors qu'elle s'apprêtait à y percer des trous, la tige se mit à marmonner. Surprise, la prêtresse faillit la laisser choir dans un trou d'eau.

– Qui est le dieu qui se cache dans ce roseau? demanda-t-elle d'une voix respectueuse.

La tige marmonna encore. Celtina ne comprenait pas ses propos.

– Parles-tu ma langue? questionna-t-elle encore, de plus en plus intriguée.

– Cunomorus a des oreilles de cheval! dit clairement le morceau de bois, sur le ton de la confidence.

L'adolescente n'en croyait pas ses oreilles. Peut-être avait-elle mal interprété le son du vent dans le roseau. Elle le secoua et le plaça de façon à ce que l'air pénétrât mieux à l'intérieur.

– Cunomorus a des oreilles de cheval!
répéta la tige.

Cette fois, Celtina était sûre d'avoir parfaitement compris, mais cela ne lui en disait pas plus sur la façon dont ce phénomène pouvait se produire ni sur la personnalité de ce Cunomorus. En répétant l'expérience plusieurs fois, elle se rendit compte que le roseau prononçait toujours la même phrase, sur le même ton. C'était pour le moins intrigant!

La jeune prêtresse décida de poursuivre son chemin et glissa le roseau dans son sac de jute. Après avoir marché très longtemps, elle arriva finalement dans un hameau situé au sommet d'une colline. Les guerriers de garde à la palissade qui encerclait le village, en contrebas de la butte, ne firent aucune difficulté pour la laisser entrer dans l'oppidum. Ils lui indiquèrent même une maison où elle pourrait trouver de la nourriture, du feu pour se réchauffer et un lit de paille.

En se présentant à la porte de la maison, Celtina aperçut une matrone, de nombreux enfants et quelques solides artisans qui mangeaient du pain de sarrasin*, du fromage et un bouilli alléchants. L'eau lui monta à la bouche. Il y avait bien longtemps qu'elle n'avait pas vu un pareil festin. Aussitôt, on se poussa pour lui faire une place à table et pour lui offrir ces mets si doux à son palais. Lorsque l'hydromel* se mit à couler à flots et que le temps de conter les belles histoires du passé fut arrivé, elle sortit le roseau de son sac pour interroger les villageois sur cette étonnante curiosité de la nature. Elle raconta d'abord comment elle avait fait cette trouvaille, puis procéda à une démonstration.

L'adolescente souffla doucement dans le roseau... et aussitôt la voix aigrelette reprit son refrain :

— Cunomorus a des oreilles de cheval !

— Malheur ! s'écria alors un vigoureux paysan. Si Cunomorus entend cela, il va te faire mettre à mort.

— Vite, range ce roseau ! lui indiqua la mère de famille. Tu vas attirer le déshonneur sur cette maison.

— Si le druide Eiddyn apprend que tu possèdes un tel pouvoir sur le chef du clan, je ne donne pas cher de ta tête, jeune fille, continua le charron, dont le métier consistait à construire les chars et les chariots à roues cerclées.

— Quel pouvoir ? s'étonna Celtina. J'ai trouvé ce roseau dans le marais, n'importe qui aurait pu mettre la main dessus.

— Oui, n'importe qui ! Heureusement que c'est toi, une étrangère, qui l'as trouvé. Ainsi, Cunomorus sera moins triste de te sacrifier, toi qui n'es pas membre de notre clan.

— Une minute ! Je ne me laisserai pas sacrifier comme ça..., protesta Celtina tout en replaçant le roseau dans son sac. Et d'abord qui est donc ce Cunomorus?

– Cunomorus est le chef de notre clan. C'est un guerrier respecté et redouté. Même le roi Yspaddaden n'ose pas l'affronter.

La prêtresse dévisagea tous les convives. Ils avaient vraiment l'air terrorisé. Mais l'un d'eux le paraissait plus que les autres. C'était un jeune homme maigre, au regard fuyant, à l'épaisse tignasse noire. Celtina remarqua même qu'il tentait de se dissimuler à sa vue en se reculant sur son banc de façon à se servir de son voisin comme paravent. Elle étendit le cou pour mieux le voir, mais, une fois de plus, il se rejeta vers l'arrière.

– Mon fils Sencha peut te parler de Cunomorus, déclara soudain la matrone. Il est son barbier.

La femme indiqua l'endroit où le jeune homme sombre s'était retranché. L'adolescente se leva pour mieux voir le garçon. Il s'était tassé sur lui-même, visiblement terrifié. Il grignotait son pain et ne semblait pas vouloir lui adresser la parole. Elle décida de l'interroger plus tard, quand elle pourrait lui parler seul à seul.

Après le repas, Celtina aida la maîtresse de maison à nettoyer sa demeure, à laver le linge et à donner à manger aux cochons et aux poules dans l'enclos. Il y avait tant à faire qu'elle ne trouva pas le temps de cuisiner

Sencha de tout l'après-midi. De toute façon, le garçon prenait grand soin de l'éviter et elle n'eut pas l'occasion de le voir seul.

Ce ne fut qu'à la nuit tombée, alors que tous regagnaient leur lit de paille qu'elle parvint enfin à prendre Sencha à part. En se rendant compte qu'elle lui barrait l'entrée de la maison où il venait se reposer, le jeune homme amorça un demi-tour pour s'enfuir. Mais Celtina, qui avait anticipé le mouvement, se retrouva solidement plantée devant lui, son épée pointée sur la poitrine du garçon. Elle remarqua alors que Sencha était terrorisé et ce n'était pas à cause de son arme. Il semblait avoir vécu dans la crainte toute la journée et ses yeux étaient cernés.

— Pourquoi as-tu si peur ? demanda Celtina en rengainant son épée. Je ne te ferai aucun mal.

Le jeune homme baissa ses yeux noirs, mais ne répondit pas. Ses épaules voûtées et son air piteux indiquaient clairement qu'il était abattu, sans défense.

— Si tu ne me dis pas ce qui se passe, je ne pourrai pas t'aider, Sencha ! s'exclama Celtina, impatiente.

Le garçon passa d'une jambe sur l'autre, toujours le nez contre la poitrine, en frissonnant.

– La phrase prononcée par le roseau t'a mis dans un état pitoyable, je le vois bien! Et tout le monde le voit aussi d'ailleurs! Tu nous caches quelque chose, et je crois que cette chose peut être très grave pour toi.

Sencha secoua la tête, mais pas un mot ne s'échappa de ses lèvres. Alors, la prêtresse n'y tint plus; elle devait savoir. Elle se concentra et projeta son esprit dans les pensées du garçon. Elle fut surprise par le tourbillon d'idées noires qu'elle y trouva et par le nombre de scènes d'épouvante que le garçon imaginait. Elle fouilla les idées et y trouva enfin une piste. Lorsqu'elle se retira de sa tête, Sencha tremblait de tous ses membres. En plus de la peur, il était frigorifié.

– Allons dans un endroit plus chaud, proposa Celtina en l'entraînant vers l'étable où les animaux s'étaient retirés pour la nuit.

Ils se glissèrent parmi les bottes de paille, et se blottirent entre deux vaches allongées.

– J'ai lu dans ton esprit ta crainte de Cunomorus et d'Eiddyn. Ils ne te feront rien… à la condition que tu m'expliques ce qui se passe exactement. Je trouverai un moyen de te sauver, mais tu dois tout me raconter.

– Tu es… une magicienne? bafouilla Sencha. Tu connais le secret des druides.

– J'ai appris certaines choses auprès des druides et je peux te sortir de ta fâcheuse position, acquiesça l'adolescente pour le mettre en confiance, tout en se gardant bien d'en dire trop pour ne pas trahir sa véritable nature de prêtresse.

Le garçon se mordilla les lèvres quelques secondes. Son besoin de se confier était trop important pour qu'il se retienne encore longtemps ; Celtina le laissa réfléchir à sa guise.

– Eh bien voilà, commença Sencha, tu sais que je suis le barbier de Cunomorus…

La jeune prêtresse hocha la tête, mais ne dit pas un mot pour forcer Sencha à continuer.

– Donc, mon travail est de tailler la barbe et les cheveux du chef. Autrefois, c'était mon père qui occupait cette fonction. Il est mort il y a trois lunes et, maintenant, c'est à mon tour de prendre soin de la tête de Cunomorus. Depuis plusieurs années, Cunomorus porte un bonnet de fourrure sur la tête, un couvre-chef qui descend très bas sur ses joues. Personne ne savait pourquoi. On avait beau interroger mon père, il n'a jamais rien dit à quiconque.

Celtina comprit que le jeune homme avait découvert le secret de Cunomorus et que c'était cela qui le terrorisait. Elle aurait pu entrer dans ses pensées pour percer le mystère à jour, mais elle préférait qu'il se confie à elle. Ainsi, Sencha pourrait se décharger de sa crainte. Elle l'invita à poursuivre son récit par un sourire chaleureux.

– Lorsque j'ai compris ce que cachait le bonnet de poil de Cunomorus, j'ai compris que ma vie était en danger. Mais je me savais aussi incapable de garder le secret, comme mon père l'avait fait. Il fallait que je le dise à quelqu'un, mais c'était impossible. Dès que j'aurais prononcé les premiers mots, cette personne aurait sans doute été se confier à une autre, et ainsi de suite, et tout le monde aurait été rapidement au courant, et j'aurais perdu ma tête !

– Qu'as-tu fait alors ? l'interrogea doucement Celtina.

– J'ai couru dans le marais, expliqua rapidement Sencha qui avait maintenant hâte de tout raconter. J'ai creusé un trou dans la tourbe et j'ai crié très fort : « Cunomorus a des oreilles de cheval. » Puis j'ai rebouché le trou. J'avais confié mon secret à la terre mère et je ne croyais pas qu'elle me trahirait.

Le jeune homme éclata en sanglots.

– La terre mère a protégé ton secret, Sencha, le rassura Celtina. Mais la nature a aussi fait son œuvre. Les roseaux ont poussé au-dessus du trou et, le vent aidant, une tige s'est emparée de tes paroles. Heureusement que je suis passée par là pour couper ce morceau de bois…

– Oui, heureusement. Si c'était le druide Eiddyn qui l'avait entendu chanter ou Cunomorus lui-même, mon sort était scellé.

– J'emporterai ce morceau de bois très loin d'ici, Sencha, et je le détruirai. Je te le promets. Tu n'auras plus rien à craindre !

Le garçon enlaça Celtina et l'embrassa sur les deux joues en sanglotant.

– Je ne pourrai jamais assez te remercier… Demande-moi n'importe quoi et je le ferai.

Celtina réfléchit un bref instant ; elle avait effectivement besoin de Sencha, mais hésitait à utiliser le garçon, car cela pouvait mettre sa vie en danger. Mais avait-elle un autre moyen à sa disposition pour parvenir à ses fins ? Non, dut-elle convenir.

– Tu dis que le druide de Cunomorus s'appelle Eiddyn ? demanda-t-elle à Sencha.

– Oui, c'est ça !

– Est-ce le même Eiddyn qui possède un licol qui fait accourir le meilleur cheval du monde ?

– Oui, c'est bien lui !

– Alors, voici le moyen de m'aider…

Eiddyn dormait paisiblement dans sa maison de pierre. Le licol était attaché au pied de son lit. Celtina se glissa en douce dans la chambre pour s'en emparer. Pendant ce temps, Sencha avait été chargé de faire le guet devant la résidence du druide. Il devait prévenir sa complice à la moindre alerte.

La jeune prêtresse détacha le licol, puis, à reculons, quitta la pièce. Eiddyn ronflait paisiblement.

Une fois dehors, Sencha et elle coururent se cacher dans l'étable. Ils avaient le souffle court et le cœur battant.

– Je dois partir immédiatement, Sencha.

– Si Eiddyn s'aperçoit du vol, il va piquer une monstrueuse crise…, s'inquiéta le barbier.

– Tu n'auras qu'à m'accuser du vol… De toute façon, c'est vrai, c'est moi qui ai pris le licol !

– N'as-tu pas peur des conséquences, Celtina ? C'est un objet magique…

– Je n'ai pas le choix. J'en ai absolument besoin. Les dieux me pardonneront.

– Les dieux sont déjà avec toi… jeune fille ! intervint alors une voix qui fit bondir Celtina et Sencha.

Cunomorus, le chef du clan, se dressait devant eux. Il était imposant.

– Lorsque tu as mis la main sur ce licol, les dieux auraient dû te foudroyer… Ils ne l'ont pas fait. Il y a sans doute une raison à tout ce mystère.

Celtina ouvrit la bouche pour s'expliquer, mais, d'un signe de la main, Cunomorus lui imposa le silence.

– Je vous surveille depuis que vous avez mis les pieds dans cette étable… Et j'ai tout entendu, ajouta-t-il en se tournant vers Sencha qui était vert de peur. Ainsi, tu as confié mon secret à la terre mère ?

Le jeune barbier déglutit ; il croyait bien que sa dernière heure était venue ! Mais au contraire. Cunomorus enleva son bonnet de fourrure ; ses oreilles étaient tout à fait normales, plus la moindre trace d'oreilles de cheval.

– Lorsque tu as confié mon secret à la terre mère, tu as du même coup annulé le mauvais sort que m'avait jeté Sadv, la biche blanche des Îles du Nord du Monde, que j'avais blessée au cours d'une partie de chasse. Alors, je t'en suis infiniment reconnaissant, Sencha.

Le garçon poussa un long soupir de soulagement.

– Quant à toi, petite voleuse, je ne sais pas pourquoi les dieux t'ont permis de t'emparer du licol d'Eiddyn sans te foudroyer aussitôt… mais tu dois me rendre cet objet tout de suite.

Cunomorus saisit Celtina par le bras, mais celle-ci eut le temps de dégainer l'épée à la flamme invisible que Rhydderch Haël le généreux lui avait prêtée. Le trait de lumière brûla la main du chef de clan qui la lâcha aussitôt. Il reconnut l'arme, et l'étonnement le laissa sans voix.

La jeune prêtresse lui expliqua pourquoi il était nécessaire qu'elle ramène ces objets magiques à Yspaddaden. Le sort du Sanglier royal Maponos en dépendait et la liberté de toute la Celtie était en cause.

À la lumière de ces informations, Cunomorus comprit qu'il était important de laisser Celtina poursuivre sa quête.

– Je m'arrangerai avec Eiddyn, déclara le chef de clan. Tu peux quitter ce village sans crainte, avec le licol ; personne ne te poursuivra.

Sencha et Cunomorus accompagnèrent Celtina jusqu'à la palissade. Le chef lui donna son bonnet de poil et une couverture en fourrure de martre* pour lui tenir chaud pendant l'hiver. Sencha lui avait remis un sac rempli de nourriture qu'il avait prise dans le garde-manger de sa famille.

Ce fut donc au cœur de la nuit, alors que la neige s'était remise à tomber, que Celtina quitta le hameau, en route pour de nouvelles aventures.

Chapitre 10

Celtina dormait profondément dans la hutte de branchages qu'elle s'était habilement construite dans la forêt de pins, à plusieurs heures de marche du hameau. Elle avait tenu à mettre le plus de distance possible entre elle et le druide Eiddyn. Elle craignait que ce dernier ne mette à profit toute sa science pour la retrouver et la punir d'avoir subtilisé le fameux licol. Grâce à la couverture en peau de martre et au bonnet de fourrure que lui avait offerts Cunomorus, elle ne craignait plus le froid et, pour la première fois depuis son arrivée sur le territoire d'Acmoda, elle dormait d'un long sommeil réparateur.

Ce furent des bruits de conversation assez forts qui la réveillèrent en sursaut. L'oreille aux aguets, Celtina écouta fébrilement les deux interlocuteurs qui se disputaient. Un instant, elle avait cru qu'il s'agissait d'Eiddyn et de Sencha, mais elle constata finalement que les voix étaient féminines. Les propos étaient malveillants.

La jeune prêtresse finit par comprendre qu'une certaine Fuamnach était furieuse qu'Étaine soit devenue la seconde épouse d'un dénommé Midir. Celtina se demanda un instant si elle devait manifester sa présence et mettre ainsi un terme à cette dispute. Mais elle n'eut pas à s'interroger bien longtemps; Fuamnach prononça des paroles qui la glacèrent. L'adolescente comprit qu'elle assistait à un combat entre deux déesses.

– Esclave et travailleuse sans répit, appliquée et infatigable, tu seras fourmi!

Étaine n'eut pas le temps de répliquer; elle se retrouva instantanément transformée en insecte. Fuamnach n'avait pas le pouvoir de tuer Étaine sous sa forme de déesse, mais elle avait choisi un moyen détourné pour le faire. Elle se précipita sur la petite fourmi et chercha à l'écraser. Étaine échappa de justesse à la menace en se jetant sous un amas d'aiguilles de pin. Malheureusement, comme elle s'était foulé la cheville la semaine précédente, la jeune déesse était devenue une fourmi boiteuse, incapable de se déplacer à la même vitesse que ses congénères. Étaine resta donc cachée quelques secondes, tandis que son adversaire fouillait furieusement le tas d'aiguilles.

Fuamnach fulminait à haute voix:

– Je t'écraserai comme un vulgaire insecte, Étaine, si tu oses te remontrer encore auprès de Midir.

Celtina dressa aussitôt une barrière invisible dans son esprit, en souhaitant que cela fût suffisant pour assurer sa protection. La méchante déesse ne devait surtout pas percevoir sa présence. La prêtresse retint son souffle et ralentit sa respiration, cherchant à fondre son souffle dans celui de la forêt, pour se confondre avec ses habitants du règne animal.

Mais, déjà, Fuamnach reprenait ses incantations magiques, car, non contente d'avoir transformé sa rivale en insecte, elle voulait aussi la réduire en esclavage, en l'obligeant à travailler à son service, comme une fourmi appliquée et sans défense.

– Fourmis ouvrières, fourmis rousses et fourmis noires, que toutes les graines de lin dispersées par le vent au cœur de cette forêt soient immédiatement regroupées. Mon frère, Myrddhin le magicien, m'a commandé un manteau d'invisibilité. Mettez-vous tout de suite au travail !

Celtina vit alors des milliers de fourmis sortant de leurs fourmilières souterraines, de sous des amas d'aiguilles de pins, de troncs d'arbres. Il en venait de partout, qui avançaient au pas cadencé*, en ordre de bataille. Certaines transportaient déjà une graine de lin sur leur dos ; d'autres en cherchaient furieusement en écartant des feuilles mortes, des amas de mousse et des morceaux d'écorce pourrie avec leurs petites pattes et leurs antennes vibrantes. La jeune fille en sentit même courir sur sa peau nue ; les insectes ne prenaient pas le temps de la contourner pour se précipiter à l'extérieur de la hutte où Fuamnach les avait convoquées.

Malgré la crainte qui la tenaillait, Celtina n'osait pas sortir de sa cahute, de peur de tomber sur la méchante déesse et d'être transformée à son tour. Alors, elle resta tout le jour, retranchée dans sa cabane, tremblante à l'idée d'être découverte et surtout en s'épuisant à maintenir un mur de protection mentale autour d'elle. D'heure en heure, elle suivait malgré tout la progression de la confection du manteau, tout en cherchant un moyen de s'en emparer. Elle l'avait deviné depuis le début : ce manteau d'invisibilité était le neuvième des treize trésors qu'elle devait rapporter à Yspaddaden le géant en échange de la liberté de Maponos.

Fuamnach surveillait la progression des travaux sans relâcher sa vigilance ; elle cherchait à reconnaître Étaine dans chaque fourmi qui se hâtait de rapporter des graines pour l'écraser une fois pour toutes. Étaine s'était bien gardée d'obéir à l'ordre de sa rivale et était venue se réfugier sous la couverture de peau de martre de Celtina. Elle y était au chaud et en relative sécurité, songeait-elle, car, malgré le fait qu'elle fût devenue un insecte, Étaine restait une déesse des Thuatha Dé Danann au fond de l'âme.

Son nouvel état de fourmi lui avait permis d'être plus sensible aux ondes invisibles, et elle avait détecté le mur de protection mentale autour de la jeune prêtresse. Les pouvoirs que Celtina avait acquis durant son apprentissage auprès de Maève, dans l'île de Mona, n'étaient pas assez puissants pour tromper une déesse attentive. Heureusement que la haine aveuglait Fuamnach, pensa Étaine, sinon la jeune fille aurait été en danger, elle aussi.

La nuit tombait maintenant et Celtina s'enveloppa dans sa couverture, prête à passer une nuit blanche à guetter les agissements de Fuamnach et des fourmis.

Brusquement, la voix de la méchante déesse s'éleva dans le silence de la forêt. Elle hurlait de rage.

– Il manque une graine, une seule graine pour finir ce manteau d'invisibilité. Étaine, je suis sûre que c'est toi qui la détiens et qui refuses de me l'apporter. Tu cherches à saboter ce travail. Je t'ordonne de venir ici immédiatement, sinon ma vengeance sera terrible !

La déesse marchait droit devant elle, décochant de furieux coups de pied dans des tas d'aiguilles de pins raidies par la neige et le froid, et se rapprochant dangereusement de la hutte de Celtina. Cette dernière rassembla rapidement ses affaires et s'apprêtait à prendre la fuite lorsque, en repliant sa couverture de fourrure, elle découvrit une minuscule fourmi accrochée à un poil jaunâtre. Avec précaution, elle la recueillit entre son pouce et son index droits et la déposa dans sa main gauche.

– Ainsi, c'est toi Étaine? murmura-t-elle à l'insecte.

La fourmi fit vibrer ses antennes pour acquiescer.

– Que vais-je faire de toi? demanda encore Celtina, tout en jetant un coup d'œil en dehors de sa hutte pour déterminer l'endroit où se trouvait Fuamnach. Et en plus, il y a ce manteau d'invisibilité qui n'est pas terminé, alors que j'en ai besoin! Je ne peux pas partir sans lui.

– Je peux t'aider, proposa alors Étaine, si tu me protèges en retour.

– Ah! cette méchante déesse t'a laissé le don de la parole, j'en suis contente! apprécia la prêtresse. J'accepte ton aide, mais j'ai déjà une idée. Voilà ce que je te suggère. Transporte la dernière graine de lin pour que Fuamnach finisse de tisser ce manteau pour son frère. Je trouverai bien un moyen de m'en emparer lorsqu'il sera fini.

– C'est un trop gros risque pour toi, jeune fille! affirma la déesse. Je te propose plutôt une autre solution. Je vais apporter cette graine comme tu l'as dit, mais, pendant ce temps, toi, tu vas te diriger vers le Tertre des Pierres folles.

Celtina ouvrit la bouche pour protester, mais Étaine poursuivit ses explications:

– Tu y trouveras mon fils Angus et tu lui raconteras tout ce que tu as vu ici. Il saura quoi faire.

– Mais je n'aurai jamais le temps de revenir avec Angus, répliqua l'adolescente. Fuamnach va disparaître avec le manteau dès qu'il sera tissé…

– Oublies-tu que j'appartiens aux Thuatha Dé Danann? Nous avons le pouvoir de ralentir le temps et, crois-moi, mon état de fourmi boiteuse me permettra de le faire durer assez longtemps pour que tu puisses être de retour avant même que le manteau de Myrddhin soit fini. Pars tout de suite.

Celtina glissa sa couverture dans son sac et s'apprêtait à jeter celui-ci sur son épaule lorsque Étaine intervint de nouveau:

– Laisse ton bagage ici! Il va te ralentir. Il ne risque rien dans cette hutte. Je vais l'envelopper d'un charme magique et ton abri restera invisible à toute autre personne que toi.

Celtina hésita une fraction de seconde. Elle ne voulait surtout pas perdre ses biens les plus précieux: le cristal envoyé par sa mère, Dyrnwyn, l'épée à la flamme invisible de Rhydderch Haël le généreux, et le licol d'Eiddyn. Mais, finalement, elle comprit qu'elle devait faire confiance à Étaine qui, après tout, était une déesse venue du Síd.

La jeune prêtresse se glissa en dehors de sa cabane, et Étaine protégea sa fuite en l'enveloppant d'un voile d'invisibilité qui masquait à la fois sa silhouette et le bruit de ses pas. Heureusement, la nuit était claire, il ne neigeait pas, et Celtina pouvait se guider en lisant son chemin dans la position des étoiles.

Après plusieurs heures de marche, elle arriva devant un tas de blocs de pierre irréguliers, posés les uns sur les autres, comme s'ils avaient été projetés dans cette singulière position par la main d'un géant furieux. Ces blocs recouverts de neige formaient un alignement mégalithique de plusieurs coudées. Comment trouver celui sous lequel elle devait lancer son appel pour faire apparaître Angus, le fils d'Étaine? Un croassement de corbeau l'accueillit. Il faisait nuit noire maintenant. Ses pas crissant sur le tapis de neige étaient le seul bruit humain à plusieurs lieues aux alentours. Celtina ressentit comme un malaise; elle était à la fois anxieuse et excitée, car s'approcher autant de l'Autre Monde, du royaume des dieux, n'était pas donné à tous les adeptes du druidisme.

Depuis qu'elle avait quitté Mona, la jeune fille avait vécu de nombreuses aventures, côtoyé quelques dieux et héros, mais, cette fois, elle devrait pénétrer de sa propre volonté au cœur du Síd pour y chercher Angus. Et son voyage se ferait sans la protection de Dagda, le dieu bon qui, quelques mois plus tôt, l'avait guidée dans les méandres du Keugant, du Gwenwed et de l'Abred. Une boule de peur noua son estomac qui, en plus, criait famine.

Des yeux, Celtina parcourut toutes les pierres à la recherche d'un indice pour trouver la porte du Síd. Elle en aperçut une qui était gravée de multiples signes, notamment des spirales. Elle en suivit le tracé sinueux du bout des doigts, dégagea la neige qui s'était accumulée dans les stries*. Maève leur avait appris qu'autrefois, quand les dieux vivaient encore à la surface de la terre, ils marquaient ainsi, dans la roche dure, le cycle des saisons et des nuits qui passaient. La prêtresse tentait de déchiffrer le message lorsqu'elle aperçut une ouverture sous un amoncellement de pierres noires. Était-ce l'entrée sous le Tertre des Pierres folles qu'elle cherchait? Elle s'y glissa en rampant. Il y faisait très noir; elle ne voyait absolument rien, mais tous ses sens étaient en alerte. Elle perçut des bruits, comme ceux que son père faisait en frappant sur son enclume dans sa forge. Ces cognements semblaient venir de très loin dans le tertre, sous le couloir de pierres couchées qu'elle avait vu en surface. Elle continua dans cette direction, la peur au ventre. Si jamais la terre venait à s'effondrer sur elle, c'en serait fini de ses aventures et de sa vie. Pourtant, Celtina était sûre qu'une telle horreur ne pouvait pas survenir; elle était dans le passage menant au Síd, et Dagda saurait la protéger, encore une fois. Elle ressentait de vagues présences, qui se traduisaient par des frôlements très doux; des paroles murmurées si bas qu'elles lui étaient incompréhensibles; des lueurs d'yeux jaunes qui apparaissaient et disparaissaient aussitôt. Rien n'était menaçant, simplement étrange et surprenant. Elle continua de ramper lorsqu'elle se fit interpeller.

— Tu n'as rien à faire ici, enfant de Mona. Remonte tout de suite à la surface!

— Je cherche Angus, fils d'Étaine, balbutia-t-elle, la langue pâteuse à cause de la poussière et de la terre qui lui tombaient parfois dans la bouche.

— Tu n'es pas encore prête pour t'aventurer seule dans le royaume de Midir. Le Brí Leith constitue l'entrée du Síd. Les portes de l'Autre Monde ne s'ouvrent que sur invitation. Tu n'as rien à faire ici, poursuivit la femme.

— Alors, je suis au bon endroit, s'entêta Celtina. Étaine m'envoie chercher son fils; il doit être auprès de son père Midir. Préviens-le!

— Ne sais-tu donc pas que tout être qui pénètre dans le Síd ne peut revenir à sa condition humaine par la suite. Tu croiras ne passer que quelques heures ou quelques jours en compagnie des dieux, mais des siècles terrestres se seront écoulés, et lorsque tu voudras revenir chez toi, tu tomberas en poussière, car tu seras morte depuis longtemps.

– Je n'irai pas plus loin si tu me promets de prévenir Angus, poursuivit Celtina d'un ton ferme. Sinon, je devrai courir le risque de tomber en poussière et aller le chercher moi-même.

– C'est bon, reste ici, tête de mule! soupira la femme. Je reviens avec Angus, mais j'espère pour toi que tu as une bonne raison pour déranger les dieux dans leur refuge.

– Merci! marmonna la jeune fille en s'adossant à la partie enterrée d'un imposant menhir.

Angus arriva presque aussitôt. C'est du moins ce qu'il lui sembla, car il était difficile d'évaluer les minutes écoulées, puisque rien ne se déroulait à une vitesse normale dans cet endroit, d'autant plus qu'Étaine lui avait promis de ralentir le temps.

– Angus, je suis Celtina du Clan du Héron, commença-t-elle dès que le dieu se fut annoncé en se glissant dans son esprit pour y sonder ses pensées.

– Je sais qui tu es, apprentie prêtresse. Je lis aussi de l'angoisse dans ton cœur. Tu es anxieuse pour ma mère, Étaine, mais aussi pour ta propre famille, pour ton peuple, pour le Sanglier royal. Que voilà un lourd fardeau pour une si fragile fille humaine; Dagda doit avoir de grandes ambitions pour toi.

– Alors, puisque tu sais déjà pourquoi je suis ici, viens avec moi. Tu dois voler au secours d'Étaine.

Celtina fit demi-tour pour repartir vers la sortie, sous le Tertre des Pierres folles. Le jeune dieu éclata de rire.

– Cesse de te trémousser comme un ver de terre qui remonte à la surface ! Nous irons par un chemin plus rapide que le sentier par lequel tu es venue. Ferme les yeux et fais-moi confiance ! Laisse-moi te conduire.

L'adolescente obéit et perdit conscience.

Lorsqu'elle ouvrit de nouveau les yeux, elle était de retour devant sa hutte, dans la forêt de pins. Angus lui imposa le silence d'un geste impérieux.

– Restons invisibles et hors du temps pour le moment, décida le dieu. Je veux avoir cette Fuamnach par surprise, comme elle l'a fait pour ma mère.

Celtina constata alors qu'Étaine s'approchait doucement de Fuamnach, roulant la dernière graine de lin entre ses pattes, en boitillant. À Acmoda, grâce au temps suspendu, son voyage aller-retour vers le Tertre des Pierres folles et sa descente dans le Brí Leith n'avaient pas pris plus d'une minute. La même petite minute qu'avait mise Étaine pour transporter la graine de lin vers la méchante déesse.

Aussitôt la semence déposée devant elle, Fuamnach tenta encore d'écraser Étaine, mais la jeune déesse, malgré sa claudication, sut s'écarter juste à temps.

– Je t'aurai, Étaine, menaça la méchante déesse. Pour le moment, j'ai un travail plus urgent à faire. Je dois terminer ce manteau d'invisibilité pour mon frère Myrddhin, mais tu ne perds rien pour attendre!

Fuamnach déposa la graine à l'endroit où un grand trou empêchait le manteau d'être terminé. Dès que cela fut fait, les fils de chaîne et les fils de trame s'entrecroisèrent tous seuls pour tisser un magnifique manteau blanc, presque transparent. Pendant que Fuamnach était occupée à surveiller l'opération, Angus s'était approché d'elle par-derrière. En la touchant à la tête, il prononça une incantation magique. Ce fut le moment que choisit Celtina pour bondir de derrière un énorme pin, pour ramasser le manteau blanc et pour s'en draper les épaules. Instantanément, elle devint invisible, même aux yeux des dieux.

Paralysée par l'incantation d'Angus, Fuamnach s'écroula sur le sol en flaque de neige sale et fondue.

Celtina retourna à sa hutte, ramassa ses affaires et disparut dans la forêt, bien protégée par le manteau d'invisibilité. Son cœur cognait si fort dans sa poitrine qu'elle avait l'impression qu'il allait en jaillir. Mais elle était si heureuse qu'une douce mélodie monta à ses lèvres. Elle se surprit à chantonner tandis qu'elle s'éloignait rapidement.

Chapitre 11

Quelques jours plus tard, grâce au manteau d'invisibilité, Celtina avait pu s'approcher d'une douzaine de guerriers qui s'étaient réunis dans une clairière. Ils faisaient partie des Fianna, redoutables guerriers au service de Finn, le chef de l'Ordre des chevaliers des Quatre Royaumes. C'était l'odeur d'une viande en train de bouillir dans un gros chaudron qui avait attiré l'adolescente dans le coin. Elle en humait les effluves* à pleines narines. Elle observait la scène depuis près d'une demi-heure déjà, mais elle hésitait à s'avancer pour quémander un morceau de viande, car les guerriers avaient une allure plutôt inquiétante.

L'un d'eux, à la carrure imposante, s'occupait de la nourriture. La prêtresse le voyait raviver le feu et tourner une lourde cuillère de bois dans le bouillon. Puis son regard fut attiré par les chevaux qui piaffaient à l'écart.

Toujours bien cachée sous son manteau d'invisibilité, Celtina se rapprocha des animaux. Les naseaux en alerte et les oreilles dressées, les bêtes détectèrent sa présence et s'énervèrent. Sur le qui-vive, un guetteur chargé de leur surveillance fit rapidement le tour des montures, mais, ne voyant personne, il se contenta de leur flatter l'encolure pour les calmer.

Près des chevaux, l'adolescente avait aperçu des sacs en peau ; elle espérait y trouver de la nourriture. Se faufilant prudemment entre les arbres, sur le tapis de neige qui amortissait le bruit de ses pas, elle avança encore.

C'est alors qu'elle le découvrit droit devant : il était là, embusqué sur une branche basse, ses yeux en amande brillant comme deux diamants. Il était énorme et terrifiant. Même si elle était invisible, le chat sentit son odeur et se mit à feuler sournoisement. Ses yeux jaunes se tournèrent dans sa direction ; aussitôt une branche située à la droite de Celtina fut réduite en cendres. La jeune fille se figea de stupeur. C'était un avertissement à ne pas prendre à la légère.

À Mona, Maève leur avait déjà raconté l'histoire d'un chat mis bas par la truie mythique Henwen. Jeté à la mer par le porcher des Thuatha Dé Danann, il avait malencontreusement été sauvé et élevé par des imprudents et, depuis, il ravageait la Celtie. Celtina était-elle en présence de ce terrifiant félin nommé Chapalu ?

Pour s'en assurer, elle l'examina soigneusement. Chapalu avait une caractéristique bien particulière : il n'avait pas de queue, seulement un tout petit moignon raide qui se dressait à l'horizontale lorsqu'il était en position d'attaque. Pour l'instant, l'énorme bête était couchée et Celtina ne pouvait voir son arrière-train avec précision.

Que peut-il bien faire par ici? songea-t-elle. Il prépare vraisemblablement un mauvais coup, mais lequel?

De temps à autre, le chat tournait encore ses yeux fulgurants dans sa direction, mais sans chercher à l'attaquer. Il voulait seulement la tenir à l'écart de son perchoir.

Ayant compris l'avertissement, Celtina avait entrepris un long détour pour le contourner. Lorsqu'elle se retrouva de nouveau en vue de la clairière où les guerriers s'étaient rassemblés, elle constata qu'ils s'étaient absentés, mais que le chaudron et son contenu étaient toujours sur les braises. Il ne semblait même pas y avoir un seul garde pour surveiller leur nourriture; visiblement, ces hommes ne craignaient rien ni personne. La jeune prêtresse se dit que c'était le bon moment pour aller chaparder un petit morceau de viande bien cuit.

Prudemment, elle se dirigea vers le campement, mais brusquement le chat atterrit devant elle, toutes griffes dehors, la gueule grande ouverte sur ses canines puissantes et pointues comme des aiguilles. Son poil raide, hérissé sur son échine, son moignon de queue à l'horizontale et ses oreilles rejetées vers l'arrière n'avaient rien de rassurant.

Stoppée dans son élan, Celtina dut assister, impuissante, à un pillage en règle. Le chat renversa le chaudron et s'empiffra de toute la viande qu'il contenait, ne laissant rien, même pas les os. Puis, avisant un sac en peau ouvert, il se jeta dessus et fit un carnage dans les provisions qu'il contenait. La farine de châtaigne, les noix et les faînes, les poissons séchés, mais aussi les pains et les outres de bière et d'hydromel, tout fut avalé en quelques secondes par le félin.

Puis, repu, l'animal pivota en direction de Celtina et la défia de ses yeux jaunes. Celle-ci songea à se servir de l'épée de Rhydderch Haël pour se débarrasser du chat, mais la petite voix de Gwydion, dieu de la Sagesse, s'imposa dans son esprit. Le chat était un animal mythique et elle était trop affaiblie par la faim pour le combattre efficacement toute seule. Elle devait attendre d'avoir repris des forces et user d'intelligence et de ruse pour réussir à délivrer le royaume d'Acmoda de ce fléau. Elle recula jusqu'à l'orée du bois, guettant le moindre mouvement du chat.

Une fois à bonne distance, la jeune fille se posta de façon à surveiller le campement et le retour des guerriers. Le gros félin s'éloigna, le ventre lourd, dans la direction opposée. Les chasseurs revinrent après plusieurs heures d'absence, les épaules chargées de dépouilles de cerfs, de sangliers; des poissons pendaient à leurs ceintures. Il y en avait tant qu'ils auraient pu nourrir toute une armée. Lorsqu'ils découvrirent le chaudron renversé et leurs sacs de provisions pillés, la fureur s'empara de celui qui, selon toute vraisemblance, était leur chef, Finn.

– Conall! tempêta-t-il en tournant et retournant sur lui-même. Conall, où es-tu, traître?

Alors, du bois, sortit l'homme que Celtina avait vu près des chevaux. Le dénommé Conall avait les yeux encore collés de sommeil; visiblement, il avait dormi profondément. L'adolescente comprit que Chapalu avait jeté un sort au guetteur pour l'endormir pendant qu'il s'attaquait à la nourriture.

Le guetteur, penaud, s'approcha du chef de l'Ordre des chevaliers des Quatre Royaumes, mais il n'eut pas le temps d'expliquer ce qui lui était arrivé. Finn le chassa immédiatement de la troupe. L'homme ramassa ses affaires, prit son cheval et s'éloigna la tête basse. L'humiliation était grande pour ce solide guerrier.

Le chef fit signe aux autres hommes de dépecer un des animaux qu'ils venaient de chasser et de jeter la viande dans le chaudron, tandis qu'il ranimait le feu. Celtina n'osait pas se montrer, car Finn lui semblait cruel et, surtout, il l'accuserait sans aucun doute de vol. Elle savait parfaitement qu'elle n'était pas de taille à se défendre contre onze guerriers solides et puissamment armés. Elle n'avait d'autre choix que d'attendre que la nuit arrive et que les hommes s'endorment pour se glisser furtivement dans le campement afin de voler un peu de nourriture. À première vue, le gros chat n'était plus dans les parages.

Lorsque le soir tomba, la prêtresse constata que les nomades s'apprêtaient encore à partir à la chasse. *À quoi pouvait bien leur servir toute cette nourriture ?* se demanda-t-elle. Ils n'étaient plus que onze et avaient déjà suffisamment de réserves pour nourrir cent personnes.

Les chasseurs étaient partis depuis une quinzaine de minutes, lorsque, profitant de l'obscurité et de son manteau d'invisibilité, Celtina s'avança vers la clairière. Elle aperçut un guetteur, posté non loin du chaudron. Il avait engagé une flèche sur la corde de son arc et se tenait prêt à défendre farouchement la pitance* qui était gardée au chaud. L'adolescente fit un pas de plus, puis entendit le feulement caractéristique de Chapalu. Le goinfre* était de retour. Elle ne le voyait pas, mais elle le sentait tout près d'elle.

Ce fut le bruit que fit le garde en tombant endormi sur le sol qui lui confirma que le chat était en train de passer à l'action. Comme la première fois, Chapalu renversa le chaudron, mangea gloutonnement tout son contenu, puis s'attaqua aux autres animaux et poissons qui n'avaient pas encore été apprêtés. Il ne laissa ni os ni arête.

Lorsque les guerriers revinrent à leur campement en pleine nuit, lourdement chargés de provisions, ils trouvèrent le garde profondément endormi, le chaudron vide et les réserves disparues. Le chef réveilla le garde à grands coups de pied dans les côtes et lui asséna de violents coups de gourdin sur le crâne, avant de le chasser à son tour de la troupe. Le pauvre homme ramassa son arc, jeta son baluchon sur son dos, prit les rênes de son cheval et s'éloigna, humilié lui aussi.

Celtina passa toute la nuit à surveiller la clairière. Elle cherchait une solution pour venir en aide aux malheureux chevaliers nomades. Le même scénario se répéta deux fois encore. Les chasseurs partaient en quête de nourriture, Chapalu endormait le guetteur laissé sur place, vidait le chaudron et les réserves, et la pauvre sentinelle, mortifiée, était bannie de la troupe. Ce ne fut qu'au petit matin, après une nuit blanche passée à faire des plans d'intervention, que Celtina trouva une idée.

La prêtresse retira alors son manteau d'invisibilité et se dirigea d'un pas résolu vers la troupe de guerriers qui, épuisée par la longue nuit de chasse, somnolait dans le campement.

Finn, malgré sa fatigue, trouva la force de se lever pour accueillir Celtina d'un ton bourru.

– Passe ton chemin, jeune fille. Nous n'avons rien pour toi, ici. Aucune nourriture à t'offrir. Comme tu le vois, mon campement a été dévasté…

– Je sais qui a fait ça! s'exclama Celtina. Et je peux vous aider à vous débarrasser de ce glouton qui ne vous laisse aucun répit!

Le chef darda sur elle un regard à la fois interrogateur et suspicieux.

– Explique-toi! fit-il finalement, après l'avoir détaillée de la tête aux pieds, tout en demeurant sur ses gardes.

– Voilà, votre voleur est un immense chat. Il fait près de moitié la taille de vos chevaux. Il s'agit de Chapalu, né de la truie Henwen. C'est un chat magique et vos guetteurs ne peuvent rien contre lui, car il les endort avant d'attaquer vos provisions.

– J'ai déjà entendu parler de Chapalu, convint le chef de l'Ordre des chevaliers des Quatre Royaumes, mais que pouvons-nous faire contre un chat-sorcier. Il est impossible de le combattre. Nos armes sont inutiles contre une telle bête.

– Vos armes oui, mais pas l'intelligence. J'ai un plan à vous soumettre.

Les huit hommes de la troupe firent un cercle autour de Celtina. Pour gagner leur confiance, elle leur raconta qu'elle était l'amie de Fierdad, le vaillant apprenti druide qui s'était joint à la troupe des Fianna, il y avait de cela plusieurs lunes. Une éternité, lui sembla-t-il.

– Vas-y, explique-nous ton plan, l'encouragea Cormac qui se présenta comme le frère de combat de Fierdad au sein des Fianna.

– Mon conseil est que Finn surveille en personne le chaudron et les provisions que vous allez ramener de votre prochaine chasse…

– Hum! ainsi, si le chat m'endort, l'humiliation sera complète pour l'Ordre des chevaliers des Quatre Royaumes, bougonna Finn. Belle idée en vérité!

Celtina ne releva pas l'ironie et continua d'expliquer son plan:

– Il faut que tu installes ton campement au bord de la rivière à un endroit où le courant empêche l'eau de geler. Tu disposeras le chaudron et les réserves très près de l'eau. Ainsi, dès que tu sentiras que le sommeil t'envahit, tu plongeras dans la rivière glacée, ce qui te réveillera. Alors, le chat ne viendra pas ravager tes provisions.

Comme personne n'avait d'autre solution plus avisée à proposer, Finn accepta de procéder comme Celtina l'avait dit. Les Fianna levèrent le camp et se dirigèrent vers une rivière qui coulait non loin. Ils installèrent le chaudron à l'endroit que l'adolescente leur désigna. Puis les huit hommes partirent à la chasse. Ils revinrent peu de temps après, croulant sous les sangliers, les lièvres, les cerfs, les poissons. Finn mit la viande à cuire. Puis, tandis qu'il montait la garde lui-même, ses sept compagnons repartirent relever les collets qu'ils avaient posés dans la forêt.

Celtina, ayant revêtu son manteau d'invisibilité, se maintenait à l'écart du campement, placée face au vent pour que son odeur ne parvienne pas aux narines sensibles de Chapalu. L'attente dura longtemps, plus longtemps que les fois précédentes, et la jeune prêtresse se dit que le chat ne les avait peut-être pas suivis jusqu'à ce nouvel emplacement au bord de la rivière. Puis elle le vit. Le félin avançait en rampant, ses yeux jaunes fixés sur Finn. Ses moustaches frémissaient. Il tentait d'hypnotiser le chef de l'Ordre des chevaliers des Quatre Royaumes comme il l'avait fait avec les autres sentinelles.

Lorsqu'il sentit ses paupières s'alourdir, Finn se précipita dans la rivière comme le lui avait suggéré Celtina. Le froid vif et piquant de l'eau le réveilla tout à fait. Il se replaça devant le chaudron qui dégageait un fumet appétissant. Chapalu laissa échapper un miaulement de rage rauque. Il détestait que l'on contrecarre ses projets. Il s'avança un peu plus et ses yeux jaunes se firent encore plus perçants. Pour la deuxième fois, Finn sauta dans la rivière dès qu'il sentit sa tête dodeliner sur ses épaules.

Alors, de colère et de désespoir, Chapalu poussa un long cri qui retentit au cœur de la forêt et rameuta les sept guerriers partis à la chasse. Les nomades encerclèrent le monstrueux félin et, tous ensemble, ils bandèrent leurs arcs dans sa direction. Celtina arriva à son tour. Se défaisant de son manteau d'invisibilité, elle apparut en brandissant l'épée à la flamme invisible, le cadeau de Rhydderch Haël le généreux.

– Par Henwen, ma mère mythique! feula Chapalu. Laisse-moi la vie sauve, ne me réduis pas en cendres avec l'épée magique…

– À la condition que tu quittes le royaume d'Acmoda sur-le-champ et que tu retournes dans le Síd auprès des Thuatha Dé Danann, le menaça Celtina en dirigeant la pointe de l'épée vers son flanc gauche.

Le félin recula en miaulant, les oreilles couchées sur la tête, les yeux jaunes menaçants et le poil hérissé, mais il savait aussi que l'arme magique maniée par Celtina était la seule qui pût lui enlever la vie. Il n'avait pas d'autre choix que de s'enfuir.

– Je m'en vais, méchante fille! Mais je te retrouverai… Tu n'auras pas toujours l'épée magique avec toi; alors, ce jour-là, méfie-toi!

Chapalu disparut silencieusement dans la forêt. Les huit guerriers et Celtina restèrent aux aguets un bon moment, mais comme plus rien ne les menaçait, ils décidèrent de festoyer pour célébrer leur victoire.

— Pouvez-vous me dire pourquoi il vous faut autant de nourriture? demanda finalement la jeune fille en regardant toutes les provisions que les Fianna avaient accumulées.

— Nous sommes très nombreux dans notre troupe, nous devons nourrir beaucoup de guerriers et la nourriture n'est pas toujours facile à trouver, surtout en hiver, expliqua Finn en déchiquetant un morceau de cerf bouilli.

— Et puis, le chaudron de Diwrnach que voici ne cuit la viande que si celle-ci est mise à chauffer par le plus valeureux d'entre nous, donc par notre chef, poursuivit Cormac. Il faut se dépêcher de l'utiliser, car une fois que toute la viande est cuite… il disparaît.

— C'est la raison pour laquelle nous ne cessons de l'approvisionner en viande et en poisson, pour le garder près de nous, reprit un autre guerrier du nom de Eodaid.

— Voilà qui constitue un problème pour moi, déclara Celtina. Car j'ai besoin d'emporter ce chaudron de Diwrnach avec moi. Il doit me servir de monnaie d'échange avec les autres trésors de Celtie pour faire libérer Maponos.

— Nous ne pouvons te donner ce chaudron ni te le prêter…, répondit le chef de l'Ordre des chevaliers des Quatre Royaumes en réfléchissant. Mais…

Le visage de Celtina s'assombrit.

– Mais, continua Finn, pour te remercier de nous avoir débarrassés de Chapalu, je porterai le chaudron et me chargerai de l'approvisionner et de cuire la viande jusqu'au château d'Yspaddaden. Je t'y attendrai en compagnie de sa fille, Olwen, jusqu'à ce que tu reviennes avec tous les trésors qui te manquent. Ensuite, nous trouverons un moyen de berner ce mauvais roi et de libérer Maponos sans procéder à la remise des trésors. Qu'en penses-tu?

Cette fois, le visage de Celtina s'éclaira d'un large sourire.

– Je te remercie infiniment de cette offre, Finn. Elle me convient parfaitement.

– Je me mettrai en route dès le lever du jour.

Puis le chef s'adressa à ses hommes:

– Cormac, tu ramèneras nos compagnons vers le reste de la troupe à trois nuits de marche de cette forêt. Pour le moment, festoyons!

Chapitre 12

Après avoir mangé et bu une bonne partie de la nuit, les huit Fianna et Celtina finirent par s'endormir, emmitouflés dans des peaux de bêtes, non loin du feu qui léchait la nuit de ses longues langues enflammées. Le ciel était d'un noir profond, sans nuages, et des milliers d'étoiles veillaient sur les dormeurs.

Aussi, pourquoi Celtina bondit-elle d'un seul coup de sa couche, le regard fixé sur le ciel? Elle ne savait le dire. Pourquoi, et par quoi, son sommeil avait-il été troublé?

La jeune fille ranima le feu en y jetant quelques branches ramassées la veille par Cormac. Dans peu de temps, il ferait jour. Elle réprima un frisson, puis ramassa sa couverture de peau de martre et s'en enveloppa, tout en réchauffant ses mains au feu qui reprenait de la vigueur. Les Fianna ronflaient à qui mieux mieux, ce qui lui arracha un sourire. Elle décida de ne pas les déranger; elle appréciait de ne pas être seule, encore une fois, au milieu de la nuit, et surtout leur présence la rassurait. Elle redoutait que, à peine réveillés, les chasseurs-guerriers veuillent s'en aller comme ils en avaient parlé la veille.

Depuis son départ de Mona, Celtina avait perdu le compte des jours et des nuits. Elle espérait que l'hiver tirait à sa fin, sans savoir encore combien de nuits la séparaient de la belle saison. Mais déjà la nature lui donnait quelques indices : la veille, à travers la neige, elle avait vu quelques primevères et des perce-neige qui pointaient timidement leurs pétales.

Ses pensées s'envolèrent vers d'autres nuits et d'autres jours, ceux beaucoup plus sereins de son enfance, quand elle n'avait à se préoccuper de rien et surtout pas du sort de sa famille, de la Celtie et de Maponos.

Celtina tenta de se mettre en état de transe pour établir la communication avec sa mère, Banshee. Mais son esprit était trop perturbé pour qu'elle y parvienne. Mille idées et pensées s'y entrechoquaient et le vacarme de ses ondes cérébrales n'était pas propice à un voyage hors de son corps.

L'adolescente allait renoncer lorsqu'une pensée, plus insistante, vient occuper tout son esprit. Brusquement, elle sut pourquoi elle avait été réveillée en pleine nuit. Anagantios, le quatrième mois de l'année celtique, celui où l'on ne voyage pas, ne devait plus être bien loin. Elle devait s'en assurer pour ne pas se mettre en défaut vis-à-vis des dieux. Elle se promit d'interroger Finn à ce sujet à son réveil. Le chef de l'Ordre des chevaliers des Quatre Royaumes connaissait forcément les jours fastes et néfastes. Lui qui conduisait son peuple nomade par tous les chemins de Celtie ne prendrait sûrement pas la route pendant une période aussi peu recommandable.

Celtina s'éloigna du campement; elle voulait assister au lever du jour sans crainte d'être dérangée par ses compagnons. Ceux-ci n'allaient sans doute plus tarder à s'éveiller à leur tour. Elle s'installa à l'écart des Fianna, sur un rocher surplombant la rivière. De là, son regard pouvait même dépasser la cime des arbres et plonger au loin vers les prés et les vallons couverts de neige. Parfaitement immobile et concentrée, la jeune fille fixa un point à l'horizon, là où elle pensait que le soleil ferait son apparition.

Brusquement, ses yeux se mirent à brûler et elle les essuya d'un revers de main. Un halo lumineux dansait devant ses yeux; elle craignit que sa rétine n'ait gardé l'empreinte du rayon étincelant qui l'avait frappée de plein fouet. Et puis, Celtina se rendit compte qu'elle assistait à un phénomène unique et extrêmement rare. Là, à l'horizon, elle pouvait voir la course du char solaire conduit par Mac Oc, le Fils jeune de Dagda, le dieu symbolisant le temps et la jeunesse. Son char, auquel étaient attelés deux bœufs, était auréolé de rayons brillants et c'était l'un d'eux qui avait percuté son œil droit.

Pendant quelques brèves secondes, la prêtresse apprécia le spectacle incroyable de la course du temps d'est en ouest. Elle se savait favorisée par les dieux pour avoir pu capter ce moment si bref, réservé à quelques privilégiés. Au moment où le char de Mac Oc s'immobilisa dans le ciel, elle cligna des paupières et, peu à peu, l'empreinte s'effaça de sa rétine. Le disque solaire était maintenant stable au-dessus de l'horizon. La première minute de ce jour s'était inscrite à tout jamais dans le calendrier. Celtina resta immobile quelques instants de plus, s'abandonna aux caresses du vent et à la pâle chaleur du soleil. Puis elle se laissa glisser le long de son rocher.

Au moment où l'adolescente posait le pied gauche par terre, celui-ci se tordit en heurtant une pierre, ce qui lui arracha un petit cri. Elle regarda le sol et découvrit une pierre gravée. Intriguée, elle la ramassa. Le dessin tracé dans le caillou noir était l'exact reflet du char solaire de Mac Oc, avec les bœufs, le disque solaire, les rayons lumineux. Rien n'y manquait. Éberluée par sa découverte, Celtina tourna et retourna la pierre entre ses mains, se demandant par quel miracle une telle chose avait pu se produire. Elle décida de faire part de sa découverte à ses compagnons. Elle reprit la route du campement en serrant très fort la pierre contre sa poitrine. Finn pourrait peut-être lui expliquer le prodige auquel elle avait assisté.

Mais, en arrivant au bord de la rivière, la jeune fille ne trouva ni Finn ni ses compagnons. Les Fianna avaient levé le camp, emportant leurs chevaux, leurs paquetages et la nourriture. Elle ne trouva que son propre sac, sur lequel quelqu'un, sans doute Finn, avait déposé un quartier de cerf cuit et du poisson fumé. Le feu était éteint.

– Finn, Cormac, où êtes-vous? cria Celtina, en vain, dans les quatre directions.

Même s'il se chargea de propager son appel, le vent ne lui ramena pas le moindre éclat de voix des Fianna. Ils avaient déjà repris leur route, ainsi qu'ils l'avaient décidé la veille. La prêtresse fut déçue de constater que pas un d'entre eux n'avait pris la peine de la retrouver pour l'avertir de leur départ. Elle laissa tomber sa couverture de peau de martre près de son sac de jute, s'assit dessus, s'empara du poisson fumé et le dévora. Elle glissa ensuite le quartier de cerf cuit dans son sac qu'elle jeta sur son épaule, prête, elle aussi, à poursuivre son chemin.

Avant de s'en aller, elle se pencha sur la rivière pour se désaltérer. Ce fut ainsi qu'elle découvrit qu'elle n'était pas seule. Le reflet d'une femme de l'âge de sa mère, avec les mêmes longs cheveux rouges, vacillait près du sien à la surface de l'eau. Celtina se retourna lentement pour dévisager la nouvelle venue; elle n'avait pas peur, car la femme avait un visage aimable et doux. Et elle ressemblait vraiment beaucoup à Banshee.

— Celtina du Clan du Héron, commença la femme, sais-tu qui je suis?

L'adolescente en avait une petite idée, mais craignait de prononcer le nom de celle qui se dressait devant elle, alors elle secoua la tête, sans dire un mot.

— Tu le sais, n'est-ce pas? Oui, je suis Brigit, la sœur de Mac Oc, la fille de Dagda.

Celtina avala sa salive. Que lui voulaient les Thuatha Dé Danann? Avait-elle enfreint quelque interdit? Elle n'avait pas tourné le dos à la mort, elle avait fait attention de protéger son ombre pour que l'Ankou ne s'en empare pas... Alors, quoi?

— Ne sois pas inquiète, jeune fille, reprit Brigit. Je suis simplement venue te dire que ta quête va bientôt s'achever. Il te reste quelques trésors à trouver, mais ils ne sont pas très loin de toi. Ils te seront accessibles, car tu es l'Élue. Tu peux retourner au château d'Yspaddaden dès maintenant.

— Mais..., protesta Celtina, je n'ai pas encore trouvé le char de Morcant, la pierre à aiguiser de Tudwal Tudelud et l'échiquier de Gwenddolau.

— En es-tu si sûre, jeune fille? se moqua doucement Brigit.

La prêtresse fronça les sourcils et dévisagea la femme en silence; les propos de la déesse étaient vraiment énigmatiques. Elle était certaine de ne pas avoir découvert les trois trésors manquants…

– Je ne peux pas obtenir la libération de Maponos sans ces objets… je dois continuer à les chercher, s'entêta-t-elle.

– Non, fit fermement Brigit. La course du char de Mac Oc marque l'arrivée d'Anagantios, le mois où l'on ne voyage pas. Tu dois retourner au château du roi d'Acmoda. Dans quelques heures, Imbolc, le premier jour de la nouvelle saison, sonnera la fin de ton voyage.

Celtina ne pouvait pas défier la déesse; elle baissa la tête. Puis les mots de Maève lui revinrent. Dans son enseignement, la grande prêtresse de Mona répétait souvent aux jeunes apprentis de ne pas agir sur un coup de tête, de toujours prendre le temps de bien réfléchir et, surtout, de chercher très profondément en eux la solution à tout problème qui paraissait insoluble.

La pierre gravée trouvée plus tôt et qui était posée sur sa couverture de fourrure capta alors son attention; elle irradiait d'une lumière chaude, de couleur or. L'adolescente interrogea la déesse du regard.

– Oui, voilà le char de Morcant, celui qui va là où le désire son conducteur. Mac Oc t'a permis de voir le déplacement du char solaire dans le ciel. C'est un privilège qu'aucun autre druide, aucune prêtresse, aucun roi ou chef de Celtie n'a pu obtenir avant toi. Mon frère t'offre cette pierre qui représente le char de Morcant. Pour faire apparaître ce trésor, tu n'auras qu'à fermer les yeux et ramener à ta mémoire le moment magique que tu as vécu en voyant le char de mon frère. Personne d'autre que toi n'aura ce privilège…

— Donc, même si Yspaddaden veut s'emparer de ma pierre, il ne pourra pas faire apparaître le char de Morcant, résuma Celtina, inquiète de l'accueil que lui réservait le géant.

— C'est exact. C'est un privilège qui t'est réservé. À toi seule! confirma Brigit en souriant.

— Mais la pierre à aiguiser et l'échiquier… où sont-ils?

— Retourne au château. Tu les trouveras en temps et lieu…

— Ces deux trésors sont déjà au château, alors? s'étonna l'adolescente, déçue par cette nouvelle. Ils étaient à portée de ma main dès que je suis arrivée ici et je ne le savais pas…

— Chut!… Cesse de réfléchir. Tu n'étais pas apte à en prendre possession. Tu n'étais pas prête. Maintenant, retourne chez Yspaddaden le géant, il est temps pour toi de faire face à ce mauvais roi et de terminer ta mission.

Celtina arriva devant le château noir. Il brillait de mille feux, illuminé de la plus haute tour jusqu'au pied de la falaise. Des paysans brandissant des fagots* de joncs liés, recouverts d'un manteau ou d'une pièce de tissu coloré, en faisaient le tour, en invoquant Brigit, la déesse du Renouveau, du Feu et de la Forge, muse des poètes et des artisans.

La porte était grande ouverte et Celtina pénétra dans la cour sans être interrogée par le portier. Le spectacle qui se déroulait dans l'enceinte était impressionnant. D'immenses roues où étaient fichées des bougies allumées étaient dressées dans tous les coins. Des enfants et des femmes batifolaient, tout habillés, dans d'immenses bacs d'eau glacée. Des paysans s'affairaient à décorer leurs animaux, bœufs, ânes, chèvres, moutons, de colliers de paille tressée. La fête d'Imbolc battait son plein. Chacun tenait à se laver des souillures de l'hiver. La jeune prêtresse aperçut des femmes, balais de paille en main, qui nettoyaient les salles basses du château, d'autres qui secouaient couvertures et tentures par les fenêtres grandes ouvertes. Partout, on s'activait à nettoyer la résidence royale.

Une femme la bouscula; elle tenait un seau rempli de lait fraîchement tiré qu'elle déposa devant une autre paysanne qui s'empressa de le baratter* pour fabriquer le beurre afin d'assurer l'approvisionnement jusqu'à Beltaine.

En tant que prêtresse et guerrière, Celtina ne pouvait pas participer à la fête. Imbolc ne concernait que les gens de la troisième fonction : les paysans et les artisans. Les druides, de la première fonction, et le roi et les guerriers, de la deuxième fonction, ne prenaient jamais part à cette célébration. Ce rituel de purification permettait d'accueillir le printemps qui arriverait dans quarante nuits. Partout, il fallait chasser l'hiver, son côté sombre et sale, par un bon nettoyage et surtout de la lumière... beaucoup de lumière et de feu.

Pour leur part, Yspaddaden et Olwen étaient restés à l'écart dans leurs appartements. Celtina se hâta de rejoindre la chambre de son amie pour y déposer, bien à l'abri des mains avides du géant, les trésors qu'elle avait en sa possession. Elle espérait que Finn avait respecté sa parole et y avait déjà apporté le chaudron de Diwrnach.

L'adolescente cogna légèrement à la porte de la chambre d'Olwen ; ce fut Finn qui lui ouvrit. Elle lui décocha un regard sombre, encore fâchée qu'il l'ait laissée seule au campement.

– Merci de m'avoir attendue ! lui lança-t-elle d'un ton sec.

Celtina entra dans la pièce et se dirigea vers un vieux coffre de bois ouvert dans lequel elle déposa, avec précaution, le poignard de Llawfrodded, le licol d'Eiddyn, le manteau blanc de Myrddhin, l'épée de Rhydderch Haël et la pierre gravée représentant le char de Morcant. Elle remarqua qu'Olwen y avait déjà entreposé la nasse de Gwyddno Longues-Jambes, les tuniques de Padarn, la coupe de cristal de Bran Galed, le plat et la cruche d'Ysgolhaig. Finn avait mis le chaudron de Diwrnach dans l'âtre, tout en s'assurant d'entretenir le feu dessous et d'y faire bouillir de la viande.

– Je ne pouvais t'attendre, répliqua Finn. Si j'étais resté près de toi, il y a une rencontre que tu n'aurais pas pu faire…

Celtina fulminait, mais le chef de l'Ordre des chevaliers des Quatre Royaumes avait raison. Si Finn et ses compagnons étaient restés avec elle, jamais la déesse Brigit ne lui serait apparue pour lui conseiller de revenir au château afin d'y passer le mois d'Anagantios en sécurité. Malgré tout, elle avait du mal à ravaler sa fureur.

La princesse Olwen revint dans ses appartements et embrassa chaleureusement Celtina. Trois lunes s'étaient écoulées depuis leur précédente rencontre. La jeune prêtresse avait beaucoup de choses à raconter à son amie. Elle lui fit donc le récit de ses aventures avant d'en arriver à s'inquiéter des deux trésors absents du coffre.

– La déesse ne t'a rien dit de plus sur la pierre à aiguiser et sur l'échiquier? s'étonna Olwen.

– Non. Seulement que ces deux objets sont dans le château de ton père depuis le premier jour de ma quête !

– Je ne les ai jamais vus, soupira la princesse. Mais je vais me mettre à leur recherche ! Toi, tu ne pourras pas circuler à ton aise dans le château sans attirer l'attention.

– Impossible ! s'exclama Celtina. D'après ce que j'ai compris aux propos de Brigit, je suis la seule qui pourra voir la pierre à aiguiser et l'échiquier magique… Je vais devoir examiner chaque pièce de cette forteresse. N'y a-t-il pas un endroit où ton père aime se retirer et qui est interdit à toute autre personne… même à toi ?

– Oui, bien sûr ! Mon père aime aller au Broch* des Skuas*, non loin du château. De là-bas, il prétend surveiller le pays. Il est le seul à fréquenter ce lieu étrange et glacial, balayé sans cesse par le vent et protégé par d'immenses oiseaux. Je n'y ai jamais mis les pieds. Tu as raison, ça doit être là qu'il cache la pierre à aiguiser et l'échiquier d'or…

– Alors, c'est là que j'irai… Je te charge de surveiller les dix trésors qui sont dans ta chambre. Finn restera avec toi pour alimenter le chaudron de Diwrnach, car tu n'as pas le droit d'y toucher.

– Tu devrais peut-être garder avec toi le manteau d'invisibilité de Myrddhin et l'épée de Rhydderch Haël pour ta protection, suggéra

Olwen. Tu peux en avoir besoin pour échapper à mon père s'il te surprend dans son repaire.

Celtina hésita, mais accepta finalement de reprendre possession de ces deux trésors qui pourraient effectivement la tirer d'un mauvais pas.

Puis Finn, Celtina et Olwen se mirent à discuter de la meilleure façon de libérer Maponos et de berner Yspaddaden le géant, car la jeune prêtresse n'avait nulle envie de donner les treize trésors au roi d'Acmoda qui s'en servirait à son propre profit.

Chapitre 13

Le soir tombait sur Unst, l'île la plus nordique du royaume d'Acmoda. Avec mille précautions, Celtina sortit de la forteresse d'Yspaddaden. Après avoir surveillé les faits et gestes du géant, Olwen lui avait confirmé que son père était dans ses appartements, prêt à se mettre au lit. C'était le moment de passer à l'action.

La jeune prêtresse se dirigea vers le Broch des Skuas. Il s'agissait d'une tour en pierres sèches d'un peu plus d'une vingtaine de coudées, située en bord de mer et qui servait surtout de poste de guet pour surveiller les alentours. La nuit s'installait lentement, mais la lune était pleine et sa lumière suffisait à éclairer le chemin. Craignant de se blesser sur les feuillets acérés de schiste* noir dont étaient constitués les rochers, Celtina avançait à petits pas.

Depuis quelques minutes, elle avait remarqué que des cris furieux d'oiseaux accompagnaient sa progression vers le broch. Levant les yeux, elle aperçut deux énormes volatiles bruns qui la survolaient en rase-mottes, se rapprochant d'elle un peu plus à chaque passage. Ils ressemblaient à Gouelan, le goéland de l'île des korianeds, mais leurs corps étaient plus gros et brun noirâtre avec un peu de blanc sur les grandes plumes des ailes. Elle leur jeta un coup d'œil inquiet.

– Zaw! murmura-t-elle en armoricain. Allez-vous-en!

Celtina secoua vivement les pans de sa cape pour effrayer les oiseaux. Mais, au contraire, ils se rapprochèrent davantage. Elle voyait maintenant leurs ongles arqués noirs et leurs becs solides clairement pointés dans sa direction. Elle comprit que l'attaque était imminente et eut juste le temps de retrousser sa cape sur sa chevelure. Les pattes palmées du premier oiseau la heurtèrent avec violence. Elle se jeta à plat ventre sur le sol, évitant de justesse l'assaut du second. Ils remontaient déjà, prêts pour une nouvelle agression. L'adolescente en profita pour courir à toutes jambes vers le broch qui n'était qu'à quelques pas. Elle s'abrita de justesse dans la galerie de pierre qui constituait l'entrée de la tour; les deux skuas revenaient déjà à la charge. Hors d'haleine et effrayée, elle resta dans cet abri improvisé pour reprendre son souffle et réfléchir à ce qu'elle devait faire. Elle pouvait essayer d'abattre les volatiles en leur décochant des flèches, mais elle répugnait à ôter la vie quand, en utilisant son jugement, elle pouvait se débarrasser des importuns ou du moins les éviter. Et qui sait si ces deux oiseaux n'étaient pas des dieux ou des sorciers métamorphosés? Elle devait être prudente. Riposter pouvait lui valoir encore plus d'ennuis. Éviter l'affrontement était sans nul doute la meilleure solution.

Derrière Celtina s'ouvrait une volée de marches de pierres brutes. Elle les gravit lentement, ne sachant à quoi s'attendre lorsqu'elle atteindrait l'étage supérieur. Si les deux oiseaux ne l'avaient pas attaquée, elle aurait pu examiner le broch de l'extérieur et s'assurer qu'il était inoccupé, mais elle n'avait plus le choix maintenant: elle devait grimper en espérant ne pas tomber sur un repaire de skuas rendus fous furieux par son intrusion. Le nom dont les habitants de la région avaient affublé la tour laissait supposer que ces volatiles étaient nombreux dans le coin.

La prêtresse déboucha sur un couloir bas, creusé dans le roc; c'était un chemin de ronde percé de minuscules ouvertures donnant sur l'extérieur. Elle remarqua, çà et là, de petites alcôves* permettant d'abriter quatre ou cinq personnes au maximum, et qui offraient une vue en plongée sur le vide central de la tour. Il n'y avait personne. Celtina respira plus librement. Elle décida de s'assurer que la voie était libre également aux deux étages du dessus, avant d'explorer plus à fond chacun des renfoncements. Trouver la pierre de Tudwal Tudelud dans cet amoncellement de pierres allait se révéler assez laborieux.

Arrivée au sommet du broch, elle se pencha par une fente percée à hauteur d'homme pour observer les alentours. Elle aperçut les deux oiseaux, mais eux aussi l'avaient vue. Ils fonçaient directement sur elle. La jeune fille eut juste le temps de se jeter en arrière pour se mettre à l'abri ; ses agresseurs visaient ses yeux.

Des cris et des hurlements éclatèrent brusquement sous ses pieds. Elle se mit à trembler ; si une dizaine de skuas avaient réintégré la tour, elle ne s'en sortirait pas vivante. Ces oiseaux étaient réputés pour leur férocité, surtout s'ils se croyaient menacés. Ils attaquaient souvent les nids des autres volatiles pour se repaître des poussins à peine nés.

Celtina se glissa dans un renfoncement pour échapper à la vue d'éventuels assaillants, mais de manière à pouvoir surveiller ce qui se passait plus bas, au centre de la tour. Ce qu'elle vit lui donna la chair de poule.

Deux énormes skuas se battaient à coups de bec et de griffes. L'adolescente songea qu'ils devaient se disputer une proie. Elle décida d'attendre que le vainqueur avale sa charogne et que les oiseaux s'éloignent avant de sortir de sa cachette.

Mais cela faisait plusieurs minutes déjà que la lutte était engagée, et les deux combattants semblaient de force égale. Leurs hurlements lui faisaient dresser les cheveux sur la tête. Elle se pencha un peu plus pour mieux voir. Des plumes brunes et blanches voltigeaient autour des deux adversaires.

Puis, alors que la jeune fille remarquait que l'un des deux oiseaux était blessé, il se transforma sous ses yeux. Il avait maintenant l'apparence d'un guerrier de grande taille, solide, hirsute et fier. Il détacha sa fronde de sa ceinture, l'arma d'un lourd galet qu'il projeta sur son adversaire. Mais, déjà, le second skua s'était lui aussi métamorphosé. Deux guerriers échevelés et en rage se faisaient désormais face et se rendaient coup pour coup avec leurs massues.

Des sorciers ou des dieux, pensa Celtina en retenant son souffle pour ne pas trahir sa présence dans le broch et s'attirer la colère des guerriers. Il ne fallait surtout pas qu'ils se retournent contre elle.

– Cêt, le privilège de surveiller les côtes d'Unst m'a été accordé par Dagda lui-même, cria le premier homme. Va-t'en ! Le Broch des Skuas m'appartient. Mes fidèles oiseaux en gardent déjà tous les accès et attaquent les imprudents qui osent venir ici.

– Jamais, Tudelud. Jamais, tu m'entends, je ne te céderai la place qui m'a été confiée par Yspaddaden le géant, répliqua le second.

– Tu oses défier les dieux! s'exclama Tudelud.

– Toi aussi, tu les défies. Tu sais qu'Yspaddaden est un Fomoré, il a autant de droits sur cette terre que toi et tous les Thuatha Dé Danann.

À ces propos, Celtina se figea. Ainsi, Yspaddaden était un Fomoré, autrement dit un de ces dieux venus d'au-delà de la mer et incarnant les forces du mal. Elle frissonna, même si cette nouvelle ne la surprenait guère. Elle avait pu avoir un aperçu du sale caractère du roi d'Acmoda. Mais, assurément, elle s'était montrée audacieuse et naïve en se présentant à lui, en le dérangeant pendant son repas, le jour où elle avait débarqué dans son royaume.

Et son amie Olwen? Était-elle aussi une pure Fomoré? Lui avait-elle donné son amitié pour mieux la trahir par la suite? Celtina songea que tous les trésors étaient maintenant entre les mains d'Olwen… Avait-elle été stupide au point de ne pas voir l'être démoniaque qui pouvait se cacher sous l'apparence de la frêle princesse d'Acmoda? Elle secoua la tête pour chasser ses idées noires. Non, c'était impossible. Olwen était son amie, sa sœur même, depuis qu'elle lui avait coupé les cheveux.

Les pensées de la jeune prêtresse revinrent aux deux guerriers qui poursuivaient leur combat à grand renfort d'invectives, tout en se décochant de violents coups. Elle vit Cêt mettre une pierre dans sa fronde, viser et atteindre Tudelud entre les deux yeux. Le terrible combattant des Thuatha Dé Danann vacilla, mais ne tomba pas. Il leva très haut son épée et l'abattit sur le crâne de Cêt. Cependant, l'effort et la douleur ressentie à cause de sa blessure lui firent perdre connaissance.

Celtina n'osait bouger. Puis, ayant finalement constaté que les deux guerriers étaient hors de combat, et donc incapables de s'en prendre à sa personne, elle décida d'aller voir de près comment ils se portaient. Elle vit que Cêt n'avait plus un souffle de vie, il avait repris son aspect gluant de Fomoré; par contre, Tudelud, assommé, respirait encore, faiblement.

L'adolescente s'approcha de Cêt et, surmontant sa répugnance pour cette créature gluante, elle entreprit de déplacer le Fomoré vers la cour centrale de la tour. Tirant, glissant, forçant des bras et des pieds, elle parvint enfin à écarter le guerrier qu'elle recouvrit de pierres sèches. Ce cairn* serait le témoignage de la bataille qui venait tout juste d'opposer les champions des deux clans ennemis de dieux.

Sous l'effort, Celtina transpirait à grosses gouttes, mais elle n'avait pas de temps à perdre. Elle revint vers Tudelud qui n'avait toujours pas retrouvé ses esprits. Elle constata que le sang coagulé du dieu-guerrier avait durci sur le sol, formant une sorte de petite boule solide comme un gros caillou. Elle la ramassa et sortit du broch à la recherche d'un peu d'argile. Elle en trouva au pied d'un amoncellement de rochers baignés par la mer. Elle mélangea l'argile avec le sang coagulé de façon à former une pâte plus ou moins élastique. Puis, retournant près du blessé, la prêtresse extirpa de son sac des plantes séchées du selago, la plante qui guérit tout, et des pétales jaunes venus des montagnes helvètes et appelés «arnica» par les Romains. Elle amalgama les plantes à la pâte pour former un cataplasme. Elle agissait avec rapidité et précision. Elle appliqua la mixture entre les deux yeux de Tudelud, sur la blessure causée par la pierre de fronde de Cêt. Puis, après avoir recueilli un peu de neige, Celtina réussit à allumer un feu en frottant deux branches. Elle mit la neige à fondre dans le pot d'étain qu'Alba, la servante sur l'île de Mona, avait pris soin de glisser dans son sac avec ses autres effets personnels. Elle y jeta une poignée de korna, une petite fleur rouge ressemblant à un coquelicot, pour préparer une boisson analgésique. Enfin, elle se mit à psalmodier des incantations druidiques destinées à hâter la guérison du guerrier.

La jeune fille décida de rester près de l'homme jusqu'à ce qu'il se réveille. Bien entendu, elle avait été surprise d'entendre Cêt prononcer le nom de son adversaire.

S'il s'agissait bien de Tudelud, possesseur de la fameuse pierre dont elle avait besoin, elle avait tout intérêt à bien le soigner et à ne pas le quitter des yeux. Pour ses bons soins, le guerrier accepterait peut-être de lui dire où se trouvait le douzième trésor. Celtina avait même entrepris de le fouiller, au cas où il porterait la pierre à aiguiser sur lui. Mais elle n'avait trouvé que des projectiles de granit en forme de disque, gravés de spirales. Rien de plus.

Le guerrier remua d'abord le bras droit, puis sa tête dodelina doucement. Il commençait à se réveiller. Penchée sur lui, Celtina fit glisser entre ses lèvres tremblantes la décoction de korna, destinée à atténuer la douleur. Tudelud ouvrit les yeux... et son regard se figea. La jeune fille put y lire de la stupeur, mais aussi de l'incompréhension. L'homme manqua s'étouffer avec le liquide bouillant qu'elle le forçait à avaler.

– N'aie pas peur, je suis une amie, le rassura-t-elle. Tu as été blessé à la tête.

Tudelud repoussa doucement la main de Celtina et la força à s'écarter de lui, mais son regard ne quittait pas son front. L'étonnement marquait de plus en plus le visage du dieu-guerrier.

– Co… comment as-tu fait? murmura-t-il enfin après avoir découvert de la main le cataplasme d'argile entre ses deux yeux.

– J'ai ramassé un peu de ton sang, que j'ai mélangé à de l'argile et à quelques herbes médicinales, comme me l'a appris Maève, la grande prophétesse.

– Tu… tu m'as sauvé! La Pierre de vie…, s'étonna encore Tudelud en se redressant pour s'adosser au mur de pierres sèches de la tour.

– La Pierre de vie?

Celtina ne comprenait rien aux propos du blessé; il devait délirer à la suite du coup reçu.

– Sais-tu qui je suis? l'interrogea encore Tudelud.

L'adolescente hésita. Devait-elle dire qu'elle avait assisté au combat entre les champions des deux clans de dieux ou, au contraire, laisser croire qu'elle était arrivée après la bagarre et l'avait trouvé inconscient?

– Bien sûr, tu sais qui je suis! reprit le dieu-guerrier. Je le lis dans tes yeux, même si tu prends soin de fermer ton esprit.

Il souriait. Comprenant qu'elle n'avait rien à craindre de lui, Celtina avoua qu'elle avait assisté à la bataille.

– Cêt a utilisé sa fronde magique, expliqua Tudelud. Son projectile aurait dû m'enlever la vie. Seule la Pierre de vie pouvait me ramener dans ce monde…

– Je n'ai fait que mettre en pratique ce que Maève m'a enseigné, répondit la prêtresse en rougissant.

– Tu ne comprends pas, jeune fille !

Le dieu-guerrier pointa le visage de Celtina du doigt. L'adolescente fronça les sourcils, puis tâta son nez, ses lèvres, ses joues pour y chercher la moindre anomalie. Mais elle ne voyait pas ce qui étonnait autant l'homme blessé.

– Le triskell, sur ton front.

Machinalement, Celtina porta la main à sa tête, sur le tatouage qui l'ornait.

– Tu as affronté le Keugant, le Gwenwed et l'Abred, tu en portes la marque. Le triskell est la Pierre de vie. C'est un symbole de protection, mais c'est surtout un excellent signe qui confère de l'énergie, de la force et de la vitalité.

– C'est la marque de Dagda..., confirma Celtina.

– Le triskell a des nombreuses significations. Il représente le cycle de la vie : l'enfance, la vie adulte et la vieillesse. Mais également trois éléments : le ciel, l'air et la terre, et il est le symbole de la course solaire de Mac Oc.

Le souvenir de sa vision du char solaire revint à la mémoire de Celtina. Était-ce parce qu'elle portait le triskell sur son front qu'elle avait pu assister à ce phénomène magique ? Sans doute.

– Le triskell t'identifie comme une enfant protégée par les Thuatha Dé Danann, expliqua encore le blessé, car il est la marque de Dagda, de Lug et d'Ogme.

Celtina ne faisait plus un geste : elle était suspendue aux lèvres du dieu-guerrier. Confusément, elle sentait qu'il allait lui faire une révélation qui changerait à tout jamais le cours de sa vie.

– Mais attention, jeune fille. Le triskell tourne dans les deux sens. Lorsqu'il tourbillonne vers la droite, il est positif et représente la paix. Mais lorsqu'il tourne vers la gauche, il devient une arme maléfique, comme la pierre qui m'a atteint entre les yeux.

Tudelud ôta le cataplasme que la prêtresse avait appliqué sur sa blessure. La plaie était complètement cicatrisée. Plus rien n'y paraissait.

Puis, avisant les disques marqués de spirales, le dieu-guerrier en ramassa un et le tendit à Celtina.

– Le triskell est aussi appelé « pierre à aiguiser », car on peut s'en servir pour affûter les épées, les faux et toutes les armes tranchantes… N'as-tu pas remarqué que lorsque la colère de Taranis s'exprime, le ciel est marqué de zigzags éclatants. Ce sont les foudres du tonnerre, les triskells que Taranis projette vers la terre pour provoquer la pluie qui la fécondera.

L'adolescente s'était accroupie près du dieu-guerrier et n'avait pas perdu une seule de ses paroles.

– La pierre à aiguiser, dis-tu? demanda-t-elle en faisant tourner entre ses doigts l'un des projectiles de Tudelud. Mais laquelle de ces pierres constitue le trésor? Laquelle dois-je utiliser pour libérer Maponos?

Le dieu-guerrier esquissa un sourire et appuya un doigt sur le front de Celtina, sur la marque bleue du triskell. Elle ne comprenait pas encore.

– Tu es le triskell. Je te nomme pierre à aiguiser de Tudelud! C'est toi, le trésor… La marque sur ton front te désigne à Yspaddaden le géant comme l'un des trésors de Celtie.

Celtina retint son souffle; elle était bouche bée.

– Je comprends maintenant pourquoi Brigit m'a dit que les deux trésors qui me manquent étaient déjà au château dès mon arrivée. Si, comme tu le prétends, je suis le douzième trésor, j'étais effectivement dans la forteresse au début de cette aventure. C'est tout simplement incroyable. Ainsi, je suis le triskell.

Encore une fois, Celtina porta la main à son front, essayant de dessiner du bout des doigts la forme en spirale qui y était tatouée.

– Il ne te reste plus qu'à dénicher l'échiquier d'or, reprit Tudelud. Il est au château, je peux te l'affirmer. Yspaddaden le garde précieusement dans ses appartements, car quiconque s'emparerait de l'échiquier pourrait lui contester la souveraineté sur Acmoda.

– Alors, c'est ce que je dois faire ! M'accompagnes-tu à la forteresse ? demanda la jeune prêtresse en se relevant pour se diriger vers la galerie menant hors du broch.

– Ce n'est pas ma place, désolé. Je suis le gardien du Broch des Skuas. Mais attends une seconde avant de sortir, je dois rappeler mes fidèles oiseaux pour éviter toute attaque. Dépêche-toi ! Tant que je soufflerai dans mon cor, les skuas resteront tranquilles.

Tudelud porta sa corne à sa bouche et souffla très fort. En quelques secondes, une douzaine de skuas arrivèrent à tire-d'aile et se perchèrent sur le toit de la tour. Celtina salua le dieu-guerrier de la main et se hâta de retourner au château.

Chapitre 14

Lorsqu'elle arriva devant la citadelle noire d'Yspaddaden, Celtina eut la surprise de trouver la porte secrète de la muraille grande ouverte. Intriguée mais méfiante, elle tira l'épée de Rhydderch Haël de son fourreau, prête à se défendre. L'archer habituellement de garde à la porte était absent, ce qui l'étonna beaucoup. Ce n'était pas dans les habitudes du géant de laisser sa forteresse sans protection. La jeune fille avança lentement vers la cour circulaire ; elle était vide. Pas un serviteur, pas une paysanne, pas un soldat. Personne. Elle inspecta minutieusement le rez-de-chaussée. Les chevaux dans leurs stalles*, les cochons dans leur porcherie, les vaches et les bœufs à l'étable, les moutons et les chèvres dans la grange, tout le petit monde animal était là, paisiblement en train de paître, de fouir* ou de dormir. Seule la vie humaine semblait avoir déserté les lieux.

La prêtresse gravit quatre à quatre les marches de l'escalier menant à l'étage réservé aux appartements du géant et de sa fille. Toujours sans croiser âme qui vive.

De plus en plus soucieuse, Celtina poussa lentement la porte de la chambre de la princesse. Cette dernière était confortablement installée sur une peau d'ours, jouant aux osselets* avec Finn, le chef de l'Ordre des chevaliers des Quatre Royaumes.

– Ah! Celtina, te voilà enfin! s'exclama la princesse. On peut dire que tu nous as causé bien des soucis.

Olwen se précipita vers elle et la serra dans ses bras, comme si elle avait craint de ne jamais la revoir. Même Finn l'accueillit comme si elle revenait de l'enfer.

L'adolescente dévisagea les deux joueurs. Un large pli d'interrogation barrait son front.

– Je ne comprends pas. Que se passe-t-il ici?

– Comment, que se passe-t-il? fit Olwen. Yspaddaden nous a dit que Tudelud, le Thuatha Dé Danann, et Cêt, le Fomoré, s'étaient entretués, et que les skuas du broch t'avaient fait un mauvais parti.

– Le géant a réaffirmé sa souveraineté sur le royaume, ajouta Finn. Il déclare à qui veut l'entendre que tu as échoué dans ta quête des trésors de Celtie, puisque tu n'as pu obtenir la pierre à aiguiser.

– Il nous a tous forcés à rester cloîtrés dans nos maisons et nos chambres, jusqu'à son nouveau couronnement dont il a fixé la date à demain, se désespéra Olwen.

Celtina éclata de rire.

– Et vous l'avez cru?

Elle tourna sur elle-même pour montrer à ses deux amis qu'elle était bel et bien en un seul morceau.

Chaque année, à Imbolc, Yspaddaden était tenu de renouveler sa souveraineté sur le royaume. C'était le moment où tous ceux qui s'opposaient à lui pouvaient faire valoir leurs mérites pour le remplacer. Certains, surtout les guerriers et les chefs de clans, le défiaient au combat; d'autres, notamment les druides, les bardes et les ovates*, cherchaient à lui faire perdre sa place pendant des joutes oratoires, à grand renfort de poèmes, de louanges et même d'incantations. Depuis plusieurs dizaines d'années, personne n'avait réussi à lui prendre le pouvoir, car Yspaddaden était âpre à la lutte, et tout aussi rapide d'esprit. Sans oublier qu'il avait plus d'un mauvais tour dans son sac.

– Croyez-moi, affirma Celtina, je lui réserve une petite surprise. Demain, pour son couronnement, je le provoquerai en duel. L'enjeu: la souveraineté du royaume d'Acmoda et la liberté de Maponos.

Le lendemain, comme prévu, Yspaddaden donna le coup d'envoi des réjouissances qui devaient marquer son couronnement. Il avait réuni tous les habitants du château dans la plus grande salle, et offrait à ceux qui le voulaient de le défier, de la façon qui leur plairait. Avec les années, le nombre de candidats à la royauté avait de beaucoup diminué. Parfois, comme ce jour-là, un jeune ovate, fier de ses connaissances toutes neuves, cherchait à le provoquer en récitant les prouesses des dieux. Mais Yspaddaden était doté d'une mémoire redoutable et l'ovate, battu sur son propre terrain, dut déclarer forfait après plusieurs heures de récitation.

– N'y a-t-il plus personne pour me contester mes droits? s'écria le géant d'une voix tonitruante, tout en laissant planer son regard sur l'assistance.

Alors, Celtina, qui était restée en retrait pendant la joute oratoire* contre le jeune ovate, joua des coudes et vint se planter devant le roi d'Acmoda.

– Moi, Celtina, du Clan du Héron, je te défie.

Yspaddaden recula légèrement en découvrant la jeune prêtresse; il la croyait réduite en purée dans le gosier des skuas.

– C'est bien! fit le géant en se reprenant. Veux-tu m'affronter à la lutte à mains nues, à l'épée…

Le fou rire gagna une partie de l'assistance. Comment une frêle petite fille d'une douzaine d'années pouvait-elle espérer terrasser un géant comme celui-là?

– …ou peut-être connais-tu mieux que moi la généalogie des dieux? railla le roi.

Celtina se redressa de toute sa taille et lança, à la face de tous:

– Je te défie au fidchell*, sur l'échiquier d'or de Gwenddolau!

Un murmure ondula parmi la foule. Comment pouvait-elle oser s'en prendre à Yspaddaden en utilisant l'échiquier magique? Était-elle inconsciente ou tout simplement arrogante?

Le principe du fidchell était simple, mais difficile à mettre en application, car il opposait deux camps de force inégale. La pièce principale représentant le roi était placée au centre de l'échiquier, entourée de celles qui symbolisaient huit petits chefs de clans pour la protéger. Le but du roi était d'échapper à ses agresseurs, c'est-à-dire aux pièces de son adversaire, et de se rendre à l'un des quatre coins du damier, où il serait déclaré vainqueur.

Pour leur part, les assaillants étaient divisés en quatre groupes de douze. Leur mission était d'empêcher le roi de se rendre dans un coin et surtout de le cerner de façon à lui interdire tout mouvement, jusqu'à ce qu'il se rende et abandonne ainsi son pouvoir sur le royaume.

– Acceptes-tu mon défi, Yspaddaden?

– Quel est ton enjeu, jeune fille? demanda le roi.

– Je mets en jeu la liberté de Maponos…
Si je perds, je renonce à libérer l'archidruide.

Des oh ! et des ah ! surpris, mais moqueurs montèrent des gorges des spectateurs. Olwen serra fortement le bras de Finn. Elle ne pouvait croire ce qu'elle entendait. Le chef de l'Ordre des chevaliers des Quatre Royaumes était, pour sa part, beaucoup plus confiant de voir Celtina remporter son pari.

– Tu mets en jeu une chose sur laquelle tu n'as aucun pouvoir. Pour libérer l'archidruide, il faut que tu me donnes les treize trésors de Celtie… Mais tu ne m'as encore rien montré de tout cela, se moqua Yspaddaden en prenant sa cour à témoin.

– Je te montrerai les trésors le moment venu, roi d'Acmoda, n'aie crainte !

– Je me demande bien comment tu vas pouvoir m'arracher l'échiquier d'or de Gwenddolau… qui, je te le rappelle si tu l'as oublié, est en lui-même l'un des trésors de Celtie, fit le géant en ricanant.

– Je le gagnerai en remportant cette partie de fidchell. C'est la royauté que tu es obligé de mettre en jeu dans cette partie. Oublies-tu que la possession de l'échiquier ne peut revenir qu'à celui qui règne sur Acmoda ? Si tu perds la royauté, tu perds aussi le damier, répliqua Celtina en détachant bien ses mots pour que tous comprennent le sens du défi qu'elle lançait.

– Qu'on me présente l'échiquier de Gwenddolau! aboya alors le géant fomoré à l'intention de ses serviteurs.

Une dizaine d'hommes firent reculer la foule, puis rabattirent sur les côtés de la salle les peaux de bêtes qui servaient de tapis de sol et, finalement, dévoilèrent une immense plaque d'or et d'argent. C'était l'échiquier géant de Gwenddolau. Il s'agissait d'un immense carré formé de quarante-neuf cases. Au centre se trouvait un trou entouré d'un cerceau d'or; c'était le siège du roi.

D'autres serviteurs amenèrent la pièce royale et des guerriers d'or représentant le roi et les chefs de clans, et d'autres soldats et cavaliers d'argent symbolisant les assaillants. Ils disposèrent les pièces sur l'échiquier selon la règle du jeu.

– Je te rappelle que tu n'as pas le droit de toucher les pièces, jeune fille. Si tu mets ne serait-ce que le petit doigt sur l'une d'elles, la partie prend fin immédiatement sur ta disqualification.

– Je connais la règle, Yspaddaden. Pour que nos armées s'affrontent sur le terrain, nous ferons bouger nos guerriers et nos soldats par la seule force de notre pensée.

– Puisque tu représentes l'assaillant, à toi l'honneur! lança Yspaddaden en s'esclaffant. Ma pièce royale est bien défendue et je t'attends de pied ferme.

Celtina ferma les yeux, se concentra, puis, prenant possession d'un guerrier d'argent, elle l'avança d'une case, en ligne droite sur le flanc droit du carré formé par les défenseurs, les guerriers d'or.

Aucun des chefs de clans ne réagit. Yspaddaden avait décidé de la laisser s'approcher avant de contre-attaquer. Toujours par la pensée, Celtina fit avancer un cavalier face au roi. Yspaddaden calma ses troupes ; personne ne bougea.

Avançant ses guerriers et cavaliers d'argent un à un, Celtina se rapprochait de plus en plus des gardes du roi, lorsque ce dernier l'interpella d'un ton joyeux :

– Tu ne peux aller plus loin, Celtina du Clan du Héron. Tes guerriers et tes cavaliers doivent maintenant se nourrir. Comment vas-tu faire pour rassasier tes troupes ?

Celtina sourit. Elle fit un signe en direction d'Olwen et de Finn. Ses deux amis vinrent immédiatement déposer un immense coffre devant elle, celui qui, il n'y a pas si longtemps encore, décorait la chambre de la princesse d'Acmoda. La jeune prêtresse l'ouvrit et en sortit la nasse de pêche de Gwyddno Longues-Jambes.

– Avec cette nasse qui chaque fois qu'elle est mise à l'eau rapporte du poisson pour nourrir cent personnes, je peux nourrir mes troupes.

Yspaddaden grogna, mais dut s'avouer vaincu. L'un de ses défenseurs dut abandonner la partie. Celtina avait marqué un premier point.

Le combat de fidchell reprit de plus belle. Les guerriers et les cavaliers de Celtina cherchaient à éloigner les chefs de clans pour prendre le roi à revers. Après de longues heures de stratégie, le roi s'exclama :

– Je ne vois pas le chef de tes armées, aurait-il fui le champ de bataille ?

Celtina sortit alors les tuniques de Padarn et les exposa au regard de tous les spectateurs.

– Ces vêtements d'apparat en mica d'argent et d'or sont ceux de Padarn. Ils ne peuvent aller qu'aux hommes de noble naissance. Ils appartiennent au chef de mon armée.

Yspaddaden grimaça. Encore une fois, la jeune fille avait présenté un trésor de Celtie, ce qui le contraignait à retirer l'un de ses défenseurs. La partie se poursuivit de plus belle, mais aucun des deux camps ne parvenait à prendre les commandes du jeu. Alors, Celtina eut l'idée de capturer l'un des chefs de clans d'or et de le soumettre au jugement de la coupe de Bran Galed. Elle s'insinua dans son esprit pour l'interroger.

– Dis-moi, Yspaddaden prépare-t-il un mauvais coup ? demanda-t-elle.

– Pas du tout, se défendit le guerrier doré.

Aussitôt, un grand bruit fit se retourner toute l'assistance. La coupe de cristal de Bran Galed venait d'éclater en miettes.

— Tu mens, guerrier! s'exclama l'adolescente. Dis-moi la vérité, le géant prépare-t-il un mauvais coup?

— Euh… oui, je le crains, soupira le guerrier. Il veut s'emparer des trésors et ne pas te dire où trouver Maponos. Il a décidé de t'attaquer quand la course du soleil se terminera sous l'horizon.

Aussitôt, la coupe de Bran Galed se reconstitua et Celtina comprit que le chef de clan avait dit la vérité, cette fois. Alors, pour se protéger des mauvaises intentions d'Yspaddaden, elle prit la pierre où était gravé le char de Morcant et la déposa bien en vue près d'elle. Le char solaire lui garantissait ainsi que le soleil ne se coucherait pas tant que la partie de fidchell ne serait pas finie.

Puis, à chaque coup qu'elle joua sur l'échiquier, la jeune prêtresse exhiba un autre des trésors qui étaient en sa possession. Grâce au licol d'Eiddyn, le meilleur cheval vint se joindre à sa troupe de cavaliers. Vif comme l'éclair, ce cheval pouvait emmener ses cavaliers plus rapidement et au plus près du roi, sans que les chefs de clans ne les voient venir. L'un de ses guerriers enfila le manteau d'invisibilité de Myrddhin et put se glisser au cœur même du dispositif d'Yspaddaden pour espionner les chefs de clans, découvrant ainsi les plans qu'ils élaboraient pour protéger le roi.

Chaque fois, Yspaddaden le géant devait se départir de l'un de ses défenseurs. Toutefois, il continua à s'obstiner et refusa de se rendre. Mais, bientôt, il se retrouva seul, isolé au centre de l'échiquier, sans protecteur et entouré des guerriers et des cavaliers d'argent de Celtina.

— Rends-toi, Yspaddaden, tu vois bien que tous les trésors de Celtie sont en ma possession et que je peux les utiliser contre toi. Tu as perdu la partie de fidchell.

C'est alors qu'un druide présent dans l'assemblée s'avança et prononça une sentence pour mettre un terme au jeu :

— Dans le jeu de fidchell, le roi doit prouver sa capacité à régner, à exercer sa fonction sacrée. Yspaddaden, tu devais atteindre, avec tes chefs de clans, les coins de l'échiquier, mais tu as été incapable de déjouer les guerriers et les cavaliers d'argent qui surgissaient de tous côtés. Tu disposais de tous les pouvoirs du damier pour orienter magiquement le combat, mais tu n'as pas su les utiliser. Au contraire, cette jeune fille a pu mettre à profit les qualités de tous les trésors dont elle dispose pour sceller l'issue de la partie. Je déclare que Celtina du Clan du Héron t'a déchu de la souveraineté sur Acmoda.

Un grand silence s'abattit sur la salle. Yspaddaden le géant dévisagea Celtina d'un air hautain, puis lui tourna le dos. Sa rage l'empêchait de prononcer un seul mot.

– Tu dois tenir ton serment et libérer l'archidruide Maponos, cria l'adolescente en se précipitant derrière lui.

Le Fomoré pivota sur lui-même, la toisa et méchamment lui lança :

– Il est libre ! Trouve-le maintenant… si tu le peux !

Et il s'éloigna en ricanant.

Aussitôt, les druides, les chefs de clans, les courtisans d'Yspaddaden entourèrent Celtina, voulant lui remettre les attributs de la souveraineté sur ce royaume situé au nord du monde. Mais la jeune prêtresse n'avait que faire de régner ; sa mission était loin d'être terminée.

– Je confie le royaume d'Acmoda à mon amie, à ma sœur Olwen, déclara-t-elle en déposant une peau d'ours, animal sacré des rois, sur les épaules de la princesse. Elle saura l'administrer dans la bonté, l'honneur et la justice.

Puis elle se tourna vers l'assemblée et l'interrogea :

– Qui peut me dire où trouver Maponos le Sanglier royal ?

Les artisans, les paysans, les serviteurs, les guerriers, les druides, les bardes, les ovates, qu'ils soient hommes ou femmes, s'entre-regardèrent, les yeux écarquillés. Personne en vérité n'avait la réponse à cette question.

Chapitre 15

Pendant de longues heures, Celtina chercha Yspaddaden, tant dans sa forteresse noire que partout aux alentours. Après avoir gagné la partie de fidchell, elle s'estimait en droit de savoir où était retenu l'archidruide. Elle ignorait cependant que le géant fomoré avait plus d'un tour dans son sac et qu'il avait anticipé sa visite. Il lui avait réservé une sacrée surprise; il s'en frottait les mains d'avance.

Lorsque la jeune fille le dénicha enfin dans le souterrain de son château, Yspaddaden était en train de remplir d'énormes sacs de jute de tous les biens qu'il avait accumulés depuis qu'il régnait sur le royaume d'Acmoda, grâce au travail de ses esclaves dans ses mines d'or. Depuis des lunes et des lunes, les druides et les guerriers qui l'avaient défié sans succès devaient travailler sans relâche pour lui constituer un considérable magot*.

Celtina vit briller de l'ivoire de narvals*, des agates et de l'ambre, des torques, des bracelets et des fibules d'or. Elle aperçut de magnifiques vêtements et objets : des braies, des saies, des couvertures et des manteaux de peaux d'animaux, des armes d'apparat et de combat, des boucliers de bois et de bronze. En un mot, tout ce qui faisait la richesse et la grandeur du géant fomoré.

— Où est Maponos? Où est le Sanglier royal? lui cria-t-elle en s'avançant vers lui d'un pas décidé. Tu dois respecter ta promesse!

L'écho du rire du géant se répercuta sur les parois du souterrain. Il se retourna vers elle. Ses yeux noirs comme du charbon brillaient d'une lueur mauvaise.

— Je ne te dirai rien, jeune fille! s'exclama Yspaddaden, car je ne suis pas en possession des treize trésors de Celtie que tu m'avais promis. Tu les as gardés pour toi…

— Je les ai gagnés honnêtement, l'interrompit la jeune prêtresse. Tu as perdu la partie de fidchell et, par conséquent, tu n'as aucun droit sur les trésors, ils m'appartiennent…

— Soit, tu les as gagnés. Ils sont à toi. Mais tu me dois une compensation, car tu as manqué à ta parole. Tu avais promis de me les donner!

Celtina s'impatientait. Que voulait donc Yspaddaden?

Le géant la dévisagea avec un sourire calculateur au coin des lèvres.

— Tu as trouvé les trésors qui appartiennent aux Thuatha Dé Danann, mais sais-tu qu'il existe aussi des trésors qui sont la propriété des Fomoré?…

– Qu'es-tu en train d'insinuer? répliqua Celtina d'un air soucieux, craignant d'avoir deviné ce que le géant allait exiger en dédommagement.

– Pour libérer ton archidruide, tu dois me rapporter les trésors des Fomoré…

La jeune prêtresse eut un hoquet de surprise. Ses mains étaient glacées et tremblaient.

– J'exige la défense d'Yskithrun, le chef des sangliers, pour me raser. Mais je n'en aurai l'usage que si tu parviens à l'arracher de sa tête alors qu'il est encore vivant…

Le Fomoré fit crisser sa barbe avec son pouce droit. Celtina était bouche bée. Puis il lissa son épaisse chevelure de sa main large et humide.

– Comme tu le vois, aucun peigne ne peut coiffer mes cheveux à cause de leur raideur, si ce n'est celui qui se trouve entre les deux oreilles de Tourc'h, la truie mythique. Et elle ne te le donnera pas de son plein gré.

Les yeux verts de Celtina dardèrent le géant. Elle fulminait.

– Pour chasser Tourc'h, tu auras besoin d'un bon chien. Il te faudra donc attraper le chiot Drudwyn qui est le meilleur…

L'adolescente avait de plus en plus de mal à retenir sa langue. Elle avait une furieuse envie de crier à Yspaddaden que s'il ne cessait de la provoquer, l'épée de Rhydderch Haël serait trop heureuse de l'envoyer rejoindre ses ancêtres dans le Síd. Sa patience était mise à rude épreuve.

– Mais…, enchaîna le géant, moqueur, pour retenir ce chien, il te faudra la laisse de Cors aux Cent Ongles, et le seul collier qui s'y adaptera est celui que détient Canhastyr aux Cent Mains.

– C'est tout ? grogna Celtina en soufflant l'air par ses narines frémissantes. Tu as fini ?

– Presque, s'amusa le Fomoré. Pour cette chasse, tu devras enfourcher Le Blanc à la Crinière sombre, le cheval de Gwed, plus rapide que la vague de l'océan.

– Ça suffit ! s'emporta alors la jeune prêtresse qui n'en pouvait plus de toute cette sérénade d'exigences. Je ne ferai rien de tout cela. Débrouille-toi tout seul si tu tiens à posséder les trésors des Fomoré. Je ne suis ni ta servante ni ton esclave… Tu n'as pas d'ordres à me donner.

– Eh bien, je ne te dirai pas où trouver Maponos ! répliqua le géant avec un sourire mauvais. Débrouille-toi toute seule, toi aussi.

Sur ce, il lui tourna le dos et recommença à enfouir sa fortune dans de grands sacs. Celtina était éberluée. Que pouvait-elle faire ? Rien, visiblement. Elle resta quelques secondes à fixer le dos d'Yspaddaden qui chantonnait tout en vidant un coffre rempli de vaisselle superbement décorée.

Alors, baissant la tête, l'adolescente ressortit du souterrain. Elle décida même de quitter le château et d'aller faire un tour au grand air, histoire de se changer les idées et de réfléchir à ce qu'elle pouvait faire pour trouver le lieu où était retenu l'archidruide Maponos.

Ses pas la conduisirent dans un petit bois à bonne distance de la forteresse, là où le vent soufflait avec moins de violence, ce qui avait permis à de gros arbres de pousser en toute quiétude, malgré le sol ingrat de l'île. Celtina hésita avant de s'y engager, car elle n'avait pas oublié que, en ce mois d'Anagantios, il était fortement déconseillé de voyager.

Tant que je resterai en vue de la forteresse noire, mes déplacements ne pourront pas être considérés comme des voyages, simplement comme des promenades. Du moins je l'espère, se dit-elle en poursuivant son chemin, tout en jetant de fréquents coups d'œil par-dessus son épaule. Comme si elle craignait que les dieux ne s'abattent sur elle pour la punir de cette transgression.

Puis, constatant qu'il ne se passait rien et qu'elle était suffisamment à l'écart pour réfléchir en paix, la jeune fille balaya un restant de neige qui s'agrippait à un petit rocher et s'assit. La tête entre les mains, elle se demanda qui pourrait lui indiquer où se trouvait la prison de l'archidruide. Yspaddaden était rusé au point de ne l'avoir dit à personne, surtout pas à sa fille, ni à ses gardes. Et puis, elle était restée assez longtemps dans le Broch des Skuas pour s'apercevoir que le Sanglier royal n'y était pas retenu; de toute façon, Tudelud le lui aurait dit. Donc, il lui fallait chercher ailleurs, mais où?

La paix et la tranquillité régnaient dans le petit bois et cela apaisa l'âme de Celtina. Elle ne remarqua pas que le soir tombait. Elle allait s'assoupir lorsqu'un chant mélodieux s'éleva dans le crépuscule. Un sourire apparut sur les lèvres de l'adolescente; elle se laissa bercer par la sérénade que lui sifflait le merle.

– Petit oiseau, toi qui parcours ces bois nuit et jour, sais-tu où se trouve Maponos? soupira Celtina à haute voix.

– Quand je suis arrivé ici pour la première fois, babilla le merle, j'ai trouvé une enclume de forgeron. J'étais un tout jeune oisillon. L'enclume n'avait jamais servi, alors j'y aiguisais mon bec chaque soir. Aujourd'hui, l'enclume est de la taille d'une noisette et, bientôt, elle sera réduite en poudre. Et par Hafgan, je n'ai jamais entendu parler de celui que tu cherches…

Celtina l'avait écouté avec respect car, dès les premiers mots, elle avait compris qu'elle avait affaire à Cilgwri le merle, symbole de la patience chez les Thuatha Dé Danann.

– Mais il y a une espèce d'animaux que Dagda a déposé sur cette terre avant moi, on peut le leur demander, reprit le merle. Suismoi, je vais te guider!

Cilgwri voltigea devant elle et entraîna Celtina un peu plus au cœur de la forêt. Il faisait presque nuit lorsqu'ils arrivèrent dans une clairière où la jeune prêtresse découvrit un immense cerf, qui était en train de retirer sa ramure imposante.

— Rhedynvre, l'interpella le merle. Nous sommes venus vers toi, car nous ne connaissons personne dans ce bois qui soit aussi vieux que toi.

— Que me veut-on? brama le cerf en se grattant le crâne contre un arbre.

— Sais-tu où est retenu Maponos, l'archidruide? l'interrogea Celtina, pleine d'espoir.

— Hum! quand je suis arrivé dans cette région, il n'y avait que deux petites cornes de chaque côté de ma tête, et les gros arbres sur lesquels je me gratte maintenant n'étaient que de jeunes plants, expliqua le cerf. Tu vois ce chêne pourri qui meurt sur le sol? Eh bien, quand je suis arrivé ici, il sortait à peine de terre! Et cependant, je peux te dire que, depuis tout le temps que je suis ici, je n'ai jamais entendu parler de celui que tu cherches.

La jeune prêtresse eut un air découragé. Alors, Rhedynvre, symbole de la prospérité, car il avait vu pousser tous les arbres de la forêt, l'encouragea à poursuivre sa recherche.

– Suis-moi! Je connais un animal que Dagda a envoyé sur terre avant moi.

Précédée de Cilgwri le merle et de Rhedynvre le cerf, Celtina s'avança encore un peu plus au cœur de la forêt.

– Cawlwyd le hibou, appela le cerf, montre-toi! Cette jeune fille a besoin de ton aide.

– Que me veux-tu? hulula le hibou qui se tenait perché dans le creux d'un arbre.

– Toi qui peux voir plus loin que nous tous au cœur de la nuit, toi qui es le symbole de la clairvoyance, sais-tu où je peux trouver Maponos, l'archidruide? demanda Celtina, dont les battements de cœur s'accélérèrent, alors qu'elle était en proie à l'espoir le plus fou.

– Maponos? Si je savais quelque chose, je te le dirais avec joie, répliqua Cawlwyd. Mais quand je suis arrivé ici, on ne voyait qu'une grande plaine. Des centaines d'hommes sont venus, puis sont repartis. Et finalement, la forêt a poussé. D'autres hommes sont venus, ont déboisé, sont repartis et les arbres sont revenus encore. Ce cycle s'est déjà reproduit trois fois, et jamais je n'ai entendu mentionner le nom que tu me cites.

Les épaules de Celtina se voûtèrent et ses jambes, fatiguées, se plièrent. Elle était sur le point de s'effondrer de désespoir quand Cawlwyd le hibou reprit:

– Toutefois, je connais quelqu'un qui est sûrement l'animal le plus vieux du monde et c'est lui qui a le plus d'expérience. Allons-y!

Le merle et le hibou volèrent devant l'adolescente, tandis que le cerf fermait la marche. Le quatuor parvint devant une haute falaise où un aigle majestueux trônait dans son nid.

– Abwy l'aigle, toi le symbole de la souveraineté, sais-tu où se cache l'archidruide Maponos? lui lança le hibou.

– Attendez que je réfléchisse une seconde, fit l'aigle. Quand j'ai construit ce nid sur cette falaise, je pouvais piquer les étoiles avec mon bec chaque soir, mais maintenant les rochers se sont érodés et je m'éloigne des cieux un peu plus chaque nuit. Depuis tout le temps que je suis ici, je n'ai jamais entendu parler de celui que vous cherchez. Mais je pense pouvoir vous aider.

Celtina ne put se retenir de battre des mains. Elle était sûre que, cette fois, l'aigle allait lui révéler la cachette de l'archidruide, car il était renommé pour sa vue perçante.

– Un jour que j'étais allé chercher un peu de nourriture du côté de l'Étang de Llynn, continua Abwy, j'ai enfoncé mes serres dans le dos d'un saumon. Mais celui-ci était si fort qu'il m'a entraîné dans les profondeurs glacées de l'étang. Pour recouvrer ma liberté, j'ai dû lui promettre de ne plus le chasser. Si Llynn le saumon, symbole de la connaissance, ne sait où trouver l'archidruide, c'est que Maponos n'est jamais venu sur cette terre. Suivez-moi!

L'aigle piqua vers un étang bleu et glacé. Celtina et ses trois compagnons le suivirent à grand-peine, tellement il était rapide.

Lorsque la jeune fille arriva finalement à son tour au bord de l'étang, le jour se levait et la brume fumait sur les eaux froides. Celtina se pencha au-dessus de l'onde et agita sa main dans l'eau. Après quelques tentatives, Llynn apparut enfin.

– Je vais te dire tout ce que je sais, souffla le saumon. À chaque marée, je quitte l'étang et je remonte le cours de la rivière jusqu'à la courbe où se dresse la forteresse d'Yspaddaden. Et c'est là qu'un jour j'ai ressenti une souffrance comme jamais je n'en avais perçu. Quelqu'un se lamentait dans les caves du château de pierre.

– C'est lui, c'est Maponos, l'archidruide! s'exclama Celtina. Il souffre. Je dois le délivrer!

– Nous t'accompagnons! décréta Rhedynvre le cerf. Que Llynn le saumon remonte la rivière et nous rejoigne au pied de la citadelle. Il surveillera la mer pour empêcher que le géant n'emmène l'archidruide sur l'océan. Que Cilgwri le merle et Abwy l'aigle partent en éclaireurs pour surveiller les agissements d'Yspaddaden. S'il transporte Maponos dans une autre cachette, ils le verront du haut du ciel. Quant à toi, jeune fille, grimpe sur mon dos, nous nous rendrons plus vite au château.

De retour près de la forteresse, Celtina et Rhedynvre le cerf restèrent cachés à l'orée du bois. De là, ils avaient une vue imprenable sur la porte dissimulée dans la pierre noire. Le soleil était levé et il éclairait les alentours. Dans le ciel, l'aigle et le merle décrivaient de larges cercles au-dessus du château pour en surveiller les hauteurs.

Brusquement, Celtina détecta un mouvement. Elle vit que la porte dissimulée de la forteresse s'ouvrait. Yspaddaden et deux gardes tout de noir vêtus sortirent. Ils escortaient un être vieux, maigre et fatigué qui se lamentait désespérément. Les gémissements de l'archidruide déchirèrent le cœur de la jeune prêtresse. Alors, n'écoutant que son courage, elle se précipita à la rencontre des trois hommes, brandissant l'épée de Rhydderch Haël au-dessus de sa tête. La flamme invisible frappa les deux gardes d'abord, avant d'atteindre Yspaddaden. Le géant poussa un hurlement, tout en bousculant Maponos devant lui. Il tenta de précipiter son prisonnier du haut des rochers vers la mer tumultueuse en contrebas. Ce fut alors qu'Abwy l'aigle arriva au moment propice pour attraper Maponos entre ses serres et lui éviter une chute fatale.

Furieux, et pour échapper à ses assaillants, Yspaddaden se dirigea vers le bord du précipice et plongea dans la mer. En tant que Fomoré, c'était pour lui le seul moyen de regagner, en toute sécurité, son pays d'origine situé au-delà de l'océan. Mais Llynn le saumon l'attendait, et l'entraîna tout au fond de l'eau. Par la suite, on n'entendit plus jamais parler d'Yspaddaden le géant.

Puis, une fois assurés que le royaume d'Acmoda était désormais entre les mains douces et justes d'Olwen, les quatre animaux mythiques quittèrent Celtina pour retourner dans leur antre, au cœur de la forêt.

Pour sa part, la jeune prêtresse emmena Maponos à l'intérieur de la forteresse pour que l'archidruide y refasse ses forces. Bien nourri, rhabillé de neuf, reposé et surtout soigné par la médecine druidique de Celtina, il ne fallut que quelques jours au Sanglier royal pour se remettre de ses longues années de captivité et de mauvais traitements.

Après qu'elle lui eut raconté ses aventures, mais surtout annoncé les menaces qui pesaient sur la Celtie, Maponos décréta qu'il était temps de prendre le chemin du retour vers la forêt des Carnutes. Ogronios, le mois du froid, allait succéder à Anagantios et il serait bientôt possible de voyager sans enfreindre les interdits des dieux. L'archidruide n'avait qu'une hâte :

convoquer tous les druides et rois de la Celtie afin de décider d'un plan de bataille pour repousser les Romains.

Ainsi, par un petit matin frisquet, au premier jour d'Ogronios, Celtina et le Sanglier royal, qui avait retrouvé toutes ses capacités druidiques, s'éloignèrent de la forteresse, du haut de laquelle Olwen les saluait.

— Allons déposer les trésors de Celtie sous le tertre de la Colline des Vagues, comme l'a indiqué Rhydderch Haël le généreux, déclara Maponos. Ils doivent retourner entre les mains de leurs légitimes propriétaires. Seul Finn gardera le chaudron, car il est le plus valeureux de tous les chevaliers. Puis nous rentrerons chez nous.

— J'ai hâte de revoir mon pays, mais ma mission est loin d'être finie, répondit Celtina. Je dois essayer de retrouver mes amis de Mona pour que, ensemble, nous allions porter les vers d'or à Avalon. Si nous parvenons à restaurer la Terre des Promesses, pendant que les guerriers celtes combattent les Romains, alors nous serons assurés de la victoire.

Lexique

Chapitre 1

Armoise (de l'): Plante ayant des propriétés médicinales. Bricumus, nom gaulois de cette plante.

Commère (une): Femme qui sait et colporte les nouvelles

Étal (un): Table où l'on expose les marchandises dans un marché public

Être sous la coupe de quelqu'un: Dépendre de quelqu'un

Fiole (une): Petite bouteille à col étroit

Tréteau (un): Support long et disposé horizontalement sur quatre piliers formant deux V renversés

Chapitre 2

Archipel (un): Groupe d'îles

Baudet (un): Âne mâle

Geôle (une): Prison

Heaume (un): Casque enveloppant la tête et le visage

Lande (une): Étendue de terre où ne poussent que certaines herbes sauvages (ajoncs, bruyère, genêts)

Licol (un): Pièce de harnais que l'on met autour du cou d'un cheval ou d'un bœuf

Tyrannie: Pouvoir oppressif exercé par un tyran

Chapitre 3

Anse (une): Petite baie peu profonde
Embruns (masc. et surtout utilisé au pluriel): Poussière de gouttelettes d'eau emportée par le vent

Chapitre 4

Anfractuosité (une): Trou profond, crevasse
Cormoran (un): Oiseau marin au cou et au bec allongés qui chasse sous l'eau
Eider (un): Grand canard nordique
Fjord (un): Ancienne vallée envahie par les eaux de mer
Fou de Bassan (un): Grand oiseau de mer qui a le corps blanc, le bout des ailes noir et la tête jaune
Guillemot (un): Oiseau des mers nordiques, au corps et à la tête noirs, avec un dessous blanc; il a un long bec noir
Loch (un): Lac allongé
Macareux (un): Oiseau marin au corps rond, avec un gros bec multicolore (bleu, rouge et jaune)
Pétrel (un): Oiseau marin qui vole au ras de l'eau
Ressac (un): Retour violent des vagues sur elles-mêmes
Sterne (une): Petit oiseau marin appelé aussi «hirondelle de mer»

Chapitre 5

Lyre (une): Instrument de musique à cordes pincées
Mica (du): Sorte de grains composant des roches comme le granit

Tisserand (un): Ouvrier qui tisse des tissus

Chapitre 6
Coudée (une): Unité de mesure d'environ 50 cm (1 mètre = 2 coudées)
Estuaire (un): Partie terminale d'un fleuve
Filiforme: Mince, fin et allongé comme un fil
Tourbière (une): Amas végétal qui forme une certaine épaisseur de tourbe

Chapitre 8
Courroux (le): Irritation violente, colère, fureur
Écu (un): Bouclier des guerriers
Hydromel (de l'): Liqueur à base de miel
Mausolée (un): Tombeau funéraire
Sarrasin (du): Céréale appelée aussi « blé noir »
Tertre (un): Petite butte à sommet aplati recouvrant parfois une sépulture

Chapitre 9
Martre (une): Mammifère carnivore au corps allongé, au pelage brun et au museau pointu

Chapitre 10
Au pas cadencé: En suivant un rythme régulier
Stries (fém. et surtout utilisé au pluriel): Sillons parallèles, rainures

Chapitre 11
Effluve (un): Émanation, vapeur, parfum
Goinfre (un): Glouton

Pitance (une): Nourriture

CHAPITRE 12

Alcôve (une): Enfoncement aménagé où l'on peut mettre un lit

Baratter: Battre de la crème pour en extraire le beurre

Broch (un): Tour circulaire construite en pierres sèches que l'on trouve dans les Shetland, dans les Orcades et en Islande

Cairn (un): Tombe recouverte de pierres

Fagot (un): Brindilles ou morceaux de bois réunis ensemble

Skua (un): Oiseau carnivore très agressif qui vit dans les régions nordiques, mais également en Arctique et en Antarctique (dans les pays de l'hémisphère nord, on l'appelle aussi «grand labbe»)

CHAPITRE 13

Schiste (du): Rocher ayant une structure feuilletée

CHAPITRE 14

Fidchell (le): Jeu celtique ressemblant aux échecs

Fouir: Creuser le sol en parlant des animaux

Joute oratoire (une): Jeu qui consiste à réciter des poèmes ou à vanter les prouesses des dieux

Osselets (jouer aux): Jeu d'adresse qui consiste à jeter, à rattraper et à déplacer des petits os

Ovate (un): Prêtre celtique et poète, qui pratique aussi la divination

Stalle (une): Compartiment d'une écurie réservé à un cheval

CHAPITRE 15
Magot (un): Somme d'argent bien cachée
Narval (un): Mammifère marin appelé parfois «licorne de mer» à cause de son incisive gauche qui est une longue défense

DIEUX, HÉROS ET LIEUX ISSUS DE LA MYTHOLOGIE CELTIQUE (BRETONNE, ÉCOSSAISE, GALLOISE, GAULOISE ET IRLANDAISE)
Amorgen: Un dieu appartenant aux Fils de Milé
Angus: Le fils d'Étaine et de Midir
Bran Galed: Le possesseur de la coupe de cristal
Brigit: La sœur de Mac Oc, la fille de Dagda
Brí Leith: Un tertre, royaume de Midir
Cêt: Un guerrier, champion des Fomoré
Diwrnach: Le possesseur d'un chaudron magique
Dyrnwyn: L'épée de Rhydderch Haël le généreux
Eiddyn: Le possesseur d'un licol magique
Elfin: Un héros, pêcheur
Étaine: La mère d'Angus, seconde épouse de Midir
Fianna (les): Un groupe de nomades, de chasseurs-guerriers, membres de l'Ordre des chevaliers des Quatre Royaumes
Fils de Milé (les): Une race de dieux
Finn: Le chef de l'Ordre des chevaliers des Quatre Royaumes
Fir-Bolg (les): Une race de dieux

Fomoré (les): Une race de dieux

Fuamnach: La première épouse de Midir

Gwenddolau: Le nom de l'échiquier magique

Gwyddno Longues-Jambes: Le possesseur de la nasse magique

Hafgan: Un dieu

Henwen: La truie blanche

Llawfrodded: Le possesseur d'un poignard magique

Mac Oc: Le possesseur du char solaire

Maponos: L'archidruide, dit aussi le Sanglier royal

Midir: Le père d'Angus, l'époux d'Étaine et de Fuamnach

Milhed: Un dieu appartenant aux Fils de Milé

Morann: Le poète, sage et juge

Nemed (tribu de): Une race de dieux

Olwen: La princesse d'Acmoda, fille d'Yspaddaden le géant

Padarn: Le possesseur des tuniques magiques

Partholon (tribu de): Une race de dieux

Rhydderch Haël le généreux: Le possesseur de l'épée à la flamme invisible

Sadv: La biche blanche

Síd (le): L'Autre Monde, résidence des Thuatha Dé Danann

Taranis: Le dieu de la Foudre et du Tonnerre

Thuatha Dé Danann (les): Une race de dieux

Tudelud: Le possesseur de la pierre à aiguiser

Ysgolhaig: Un druide

Yspaddaden le géant: Le roi fomoré d'Acmoda

Personnages ou objets issus de légendes bretonnes, écossaises, galloises, gauloises et irlandaises

Abwy l'aigle : Le symbole de la souveraineté

Canhastyr aux Cent Mains : Un dieu fomoré

Cathal, Chazh, Caitt et Kat : Des chats

Cawlwyd le hibou : Le symbole de la clairvoyance

Cennchaitt : L'homme à tête de chat

Chapalu : Le chat géant

Cilgwri le merle : Le symbole de la patience

Cloche de Kadelok (la) : La clochette magique de Llawfrodded

Cors aux Cent Ongles : Un dieu fomoré

Cunomorus : Il a des oreilles de cheval (dans certaines légendes, on l'appelle aussi Conomor, Konomor, Marc'h ou Mark)

Dratsie : La loutre

Drudwyn : Le chiot des Fomoré

Floraidh : La guerrière d'Acmoda

Île aux Pommes (l') : On l'appelle aussi Avalon

Le Blanc à la Crinière sombre, le cheval de Gwed : Le cheval des Fomoré

Llynn le saumon : Le symbole de la connaissance

Miolchu : Le lutteur d'Acmoda

Myrddhin : Le possesseur du manteau d'invisibilité

Rhedynvre le cerf : Le symbole de la prospérité

Roann, la selkie : La femme-phoque

Sugyn : Le dieu-phoque

Tourc'h : La truie mythique

Voulga : Le bâton magique de Solenn

Yskithrun : Le chef des sangliers

PERSONNAGES AYANT RÉELLEMENT EXISTÉ
Allobroges (les): Un peuple celte des Alpes, région de Vienne (Isère, France)et de Genève (Suisse)
Carnutes (les): Un peuple celte de la Beauce, région de Chartres, et de l'Orléanais (Orléans – France)
Conconnetodumnos: Un chef des Carnutes
Cotuatos: Un chef des Carnutes
Vénètes (les): Un peuple celte de Bretagne, région de Vannes (France)

PERSONNAGES INVENTÉS
Arzhel: L'apprenti druide (Koad, le mage de la forêt)
Banshee: La mère de Celtina
Caradoc: Le petit frère de Celtina
Celtina: L'apprentie prêtresse
Conall: Un chasseur-guerrier des Fianna
Cormac: Un chasseur-guerrier des Fianna
Dérulla: Le druide du Clan de l'Ours, du village de Caldun
Fierdad: L'ex-apprenti druide, un chasseur-guerrier des Fianna
Gwenfallon: Le père de Celtina
Sencha: Le barbier de Cunomorus
Solenn: La reine de mai
Verromensis: Le druide de Barlen, le village de Celtina

LIEUX INVENTÉS
Broch des Skuas (le): La tour sur l'île d'Unst
Goule-aux-Fées (la): La grotte aux fées sur l'île d'Unst
Île au Piédestal (l'): L'île au large d'Acmoda

Tertre des Pierres folles (le): Le tertre pour accéder au Brí Leith

LIEUX RÉELS
Acmoda: L'archipel des Shetland (Écosse)
Calédonie (la): L'Écosse
Feltar: Une île des Shetland
Gwened: La ville de Vannes (Bretagne – France)
Unst: Une île des Shetland
Yell: Une île des Shetland